Bauern, Bonzen und Bürokaufmänner

Eine Satiregeschichte aus einer anderen Welt ;-)

Von Christian Schwochert

Impressum:

©2024 Christian Schwochert

ISBN Softcover: 978-3-384-13817-0

Druck und Distribution im Auftrag des Autors:
tredition GmbH, Halenreie 40-44, 22359 Hamburg,
Germany

Kapitel 1: Die Proteste beginnen

Die Sprecherin der Regierung hatte die Presse zu einer großen Konferenz eingeladen. Böse „rechte" Medien hatten natürlich, ebenso wie zu grünlinken Parteitagen, keinen Zutritt. Ließ jedoch mal die AfD linke Medien nicht zu Parteitagen zu, war der Aufschrei groß, es wurde laut „Pressefreiheit!" gebrüllt, geklagt und die Gerichte entschieden gegen die Blauen. Was natürlich nichts mit den Parteibüchern der zuständigen Richter und Staatsanwälte zu tun hatte.

Nun ging es an diesem Tag aber nicht um einen Parteitag sondern lediglich um eine Pressekonferenz. Unter dem Jubel der anwesenden Journalisten gab die Regierungssprecherin mehrere Steuererhöhungen bekannt. „Diese Erhöhungen sind dringend notwendig, denn wir brauchen mehr Geld für den Kampf gegen Rechts. Und natürlich für Entwicklungshilfe, die wir an Atommächte wie Rotchina und Indien zahlen, welche eigene Weltraumprogramme haben. Außerdem bauen wir einige neue Ministerien auf, die unglaublich wichtig sind. Da wir weite Flächen für Windräder benötigen werden wir die Ministerien alle aufeinander in Berlin bauen. Wir nennen das Gebäude den 'Babel-Tower', denn unser ruhmreicher Kanzler hat schon immer gerne Babelbells gegessen", erklärte die Sprecherin.

„Äh... heißen die Dinger nicht eigentlich 'Babybells'?", wagte einer der Journalisten zu fragen.

„Wollen Sie etwa behaupten unser geliebter Kanzler würde falsch liegen? Sind Sie etwa ein heimlicher Nazi!?", schrie die Sprecherin ihre Gegenfrage.

„Ähm... nein. Natürlich nicht. Wahrscheinlich habe ich mich da einfach nur falsch erinnert", entgegnete der Journalist.

„Na gut. Kann ja mal passieren. Auf jeden Fall wird der 'Babel-Tower' ungefähr zwei Kilometer hoch werden und damit das höchste Gebäude der Welt. Noch größer als der Regierungspalast in Äthiopien, den wir ebenfalls durch Entwicklungshilfe mitfinanzieren. Der Bau des Towers wird ungefähr 300.000.000.000 Euro kosten, aber natürlich kann es unvorhergesehene Entwicklungen geben, sodass es vielleicht noch ein bisschen teurer wird; kennen wir ja vom BER. Natürlich wird auch jedes einzelne der superwichtigen Ministerien auch wieder Geld kosten. Fünf Milliarden Euro im Jahr."

„Und wie viele neue Ministerien wird es geben?", fragte einer der Anwesenden.

„187. Ich zähle Ihnen nun alle einzeln auf. Da wäre das 'Ministerium für Hundekotanalyse', das 'Ministerium für gendergerechtes Reden' ..."

Nach etwa einer Stunde kam sie dann zum Schluss: „... und zum Schluss wird noch ein 'Ministerium für Ministerienverwaltung' benötigt. Das kümmert sich darum alle übrigen Ministerien mit logistisch notwendigen Dingen wie Kugelschreibern, Papier, Klopapier ect. zu versorgen. Dafür benötigt dieses Ministerium freilich Unterministerien. Ein Unterministerium für Klopapier ..."

Weitere zehn Minuten später war sie dann fertig. Die meisten Journalisten waren inzwischen eingeschlafen. Als die Sprecherin fertig war, sagte sie laut: „Natürlich werden Steuererhöhungen nicht ausreichen. Anderswo müssen Gelder gestrichen werden. Also werden wir den Bauern die Subventionen streichen, ihre Steuern auf den Diesel für die Traktoren erhöhen und sie gleichzeitig zwingen ihre Lebensmittel billiger zu verkaufen, sodass sie gegen die Großkonzerne noch weniger Chancen haben. Natürlich tun wir von der Regierung das auch, weil wir dank der großartigen 'Frankfurter Schule' wissen das die Familie die Keimzelle des Faschismus ist und Faschismus keine Meinung, sondern ein Verbrechen ist. Und viele Bauernhöfe sind Familienbetriebe. Also zerstören wir die Bauern auch für unseren ruhmreichen 'Kampf gegen rechts'. Noch Fragen?"

Niemand der Anwesenden stellte eine kritische Frage.

„Alles klar. Dann ist die Pressekonferenz jetzt beendet. Bunt statt braun!", rief die Regierungssprecherin zum Abschied.

„Bunt statt braun!", riefen auch die Journalisten und reckten die linken Fäuste.

„Vielfalt über alles!", schrie ein besonders Übereifriger.

Am nächsten Tag berichteten die Medien lang und breit darüber wie unfassbar wichtig und notwendig die Steuererhöhungen und die für die Bauern gestrichenen Subventionen doch angeblich wären. Außerdem verwies man noch auf irgendwelche EU-Richtlinien, die doch umzusetzen wären um alle gleich zu machen. Das hatte die Regierungssprecherin zwar vergessen zu erwähnen, aber nun wurde es doch noch klar gesagt.

Ein paar Tage später begannen die ersten groß organisierten Bauernproteste.

*

Murat und sein Künstlerkumpel besuchten einmal wieder ihren guten Freund Julius. Seit Murat fest mit Phoebe zusammen war hatte er tatsächlich ein bisschen weniger Zeit für seine Kameraden gehabt, weswegen es ihm nun umso wichtiger war, es einrichten zu können, sich mit ihnen in der 'Preussenstelle' treffen zu können.

In dem Lokal setzten sie sich an ihren Stammtisch und bestellten erstmal was zu trinken. Murat schwärmte von Phoebe und wie toll sie im Bett war. „Und was hat Sie dir geistig so zu bieten?", fragte Julius.

„Was interessiert mich ihr Verstand. Hast du nicht zugehört? Sie ist gut im Bett. Was ihr an Hirn fehlt, hat sie in der Bluse. Außerdem ist sie zumindest charakterlich in Ordnung. Auf jeden Fall ist sie viel netter und bescheidener geworden als damals in Griechenland wo wir sie kennenlernten", meinte Murat.

„Doof ist sie aber trotzdem", stellte Julius fest.

„Also sie hat einen vollständig gelösten Zauberwürfen. Alle sechs Seiten", entgegnete Murat.

„Kunststück. Die werden ja auch fast nur noch gelöst verkauft", wusste Julius.

„Früher hat man sie noch ungelöst verkauft, damit die Leute es selbst probieren konnten. Heutzutage verkaufen sie die Dinger bereits gelöst, damit die Menschen vor einander angeben können", murrte der Autorenkumpel der beiden.

„Und was tut sich so beziehungstechnisch bei dir?", fragte Murat an Julius gewandt.

„Na ja, beziehungstechnisch eigentlich nichts, aber immerhin habe ich dreimal mit Schmariana Schmande gebumst."

„Was?! Du hast dreimal mit einer der berühmtesten

Sängerinnen und Schauspielerinnen der Welt gepennt?!
Wie hast du das denn geschafft?", fragte Murat überrascht.
„Ich musste berufsbedingt drei Wochen in so einer
Musikfirma aushelfen. Da fing sie dort an und da sie doch
recht gut aussieht, überlegte ich mir wie ich sie klar
machen kann. Also forschte ich im Netz nach und sorgte
dann dafür, dass ich in ihr Beuteschema passe. Also
schmiss sie sich an mich ran und trieb es mehrfach mit
mir."
„Und wie hast du das angestellt?"
„Habe mit Photoshop so getan als hätte ich eine Frau und
drei Kinder. Da konnte sie nicht wiederstehen, zumal ich
es auch in Gesprächen erwähnte."
„Heißt das sie vögelt nur mit Typen die verheiratet sind
und drei Kinder haben?", fragte Murat.
„Zu Anfang wohl nicht.[1] Zu Anfang machte sie sich an
Männer ran die in einer festen Beziehung waren. Dann an
Männer die verlobt waren. Dann an Männer die verheiratet
waren. Dann an Männer die verheiratet waren und ein
Kind haben. Dann an Männer die verheiratet waren und
zwei Kinder haben. Ich habe eben einfach ihr Muster
erkannt und das ausgenutzt", erklärte Julius.
„Gut, aber ich finde es etwas unmoralisch fremd zu
gehen."
„Ich bin ja nicht fremd gegangen. Frau und Kinder habe
ich mir ja nur ausgedacht."
„Das meinte ich gar nicht. Ich denke eher an all die Kerle
die sie vor dir hatte und deren Familien sie zerstört hat",
meinte Murat.
„Darauf wurde Schmariana Schmande auch mal von der
Presse angesprochen. Sie lieferte ein gewaltiges Argument

---

[1] https://www.youtube.com/watch?v=bKw5SnzEdnE

für ihre Sicht der Dinge."

„Und welches?", fragte der Künstler.

„Sie sagte 'Ja, und?'"

„Tja, gegen so viel Logik und Sachverstand kommt man nicht an. Albert Einstein kann einpacken; wir haben jetzt die ultraweise Schmariana Schmande", meinte der Autor.

„Genau die Art von moralischem Vorbild, dass die Medien und Regierenden des Westens für die Menschen haben wollen. Besonders für die jungen Leute, die alles nachmachen. Mann, ich bin noch keine dreißig und rede schon von 'den jungen Leuten'", stellte Julius fest.

„Sie passt zur heutigen Zeit. Einmal wurde auf eines ihrer Konzerte ein islamistischer Terroranschlag verübt und ihre Reaktion waren die Worte 'Islam ist Frieden'. Fragen wir uns doch wie ein ehrenhafter Moslem reagiert, wenn seine christlichen Landsleute ermordet werden? Schauen wir doch mal nach Ägypten. Als in dessen Nachbarland 21 Kopten von Islamisten ermordet wurden hat der muslimische Präsident Ägyptens Al-Sisi ruck-zuck Vergeltung verübt. Liebe Frau Schmande, angemessen wäre es gewesen wenn Sie als Vergeltung die Hinrichtung von Islamisten durch die zwangsweise Zuführung von Schweineblut gefordert hätten. 'Islam ist Frieden' ist nach so einem Anschlag aber das Dümmste was man sagen kann. Das ist so dumm das es weh tut."

„Tja, bei 'Die Dinos' stellt sich Eral manchmal auch so dumm an das es weh tut. Dafür war sein Vorgesetzter Herr Richfield mal Kandidat als ... der Fachbegriff ist mir entfallen ... sagen wir er wollte in der Dinowelt Präsident werden. Für ihn geworben wurde mit 'Er ist so fürsorglich das es weh tut'. Und dann gab es eine Wahl und Eral musste als Fakegegenkandidat antreten. Ach und der

Nachrichtensprecher in der Serie heißt Mario Marionette. Eine herrlich politisch inkorrekte Serie. Ich glaube, Fräulein Schmande würde sie hassen", überlegte Julius. „Früher hat sie ja mal in dieser recht guten Serie mit gespielt. Nur eine Nebenrolle, aber gerade sie wurde von irgendwelchen Leuten im Hintergrund ausgewählt und hochgepuscht. Ich hatte schon in der Serie den Eindruck, dass sie einen Knall hat, aber die globalistischen Umerzieher suchen sich für ihre Zwecke ja keine bodenständigen Mädchen aus", diagnostizierte der Autor.

„Trotzdem hat Julius mit ihr gepennt."

„Na ja, so habe ich immerhin mehrere Ehen innerhalb des von ihr besuchten Betriebes gerettet. Hätte ich sie nicht für ein paar Mal klar gemacht ... oder besser gesagt sie dazu gebracht zu denken sie würde mich klar machen ... dann hätte sie wieder eine echte Ehe und Familie zerstört."

„Schon schlimm wie sie gerne Ehe und Familie ruhiniert", meinte der Autor.

„Genau! Warum kandidiert sie nicht für den Bundestag?", fragte Murat ironisch.

„Welche Partei würde sie denn nehmen?", fragte Julius.

„So ziemlich jede. Moralisch passt sie doch gut in das 'Freie-Liebe-Weltbild' hinein. Die denken ja alle es hätte keine Folgen wenn Partner einander betrügen. Und warum sollte sie nicht in den Bundestag dürfen; zumindest erstmal als Praktikantin? Sie ist schließlich prominent. Der Bushido durfte doch auch ein Praktikum im Bundestag machen, oder?"

„Heißt er nicht Buschido?", fragte Julius.

„Auf jeden Fall hat es was mit den ehrenhaften Werten der japanischen Krieger, den Samurei zu tun", fiel dem Autor ein.

„Ist doch egal. Man kann einige seiner Lieder durchaus zu schätzen wissen; da ist die Schreibweise dann auch nicht so wichtig. Das ist gefischt wie geangelt. Oder so 'wichtig' wie der Unterschied zwischen Frodo und Fritto", meinte Murat.

Daraufhin musste Julius als altgedienter „Herr der Ringe"-Fan lachen. Der Autor meinte: „Auf jeden Fall hat der Mann mal ein ziemlich lustiges Musikvideo zu Weihnachten gemacht; das war aber noch in der ich glaube 'Agro Berlin'-Zeit. Und ein deutliches Lied in dem er sagte was er von gewissen Politikern hält."

„Stimmt. Da war ja mal was. Ist aber schon ewig her..."

„Kann es aber niemandem verübeln, wenn ihn die Zustände in Berlin 'Agro' machen. Bin neulich auf der Straße einem sehr netten Türken begegnet und wir sind ins Gespräch gekommen. Da wir auf unserem Weg durch ein halbleeres Industriegebiet lauter funktionsunfähige Ampeln hatten kamen wir auf die Infrastruktur zu sprechen und er schimpfte auf die Regierung. Er meinte, wenn er das Wahlrecht hätte, würde er 'die Nazis von der AfD' wählen und für seinen Sohn gelte dasselbe. Hat er echt so gesagt. Dann hat er noch weiter auf die Regierung geschimpft", berichtete der Autor.

„Ach ja, glaube das hast du mir neulich auch per Mail schon berichtet", erinnerte sich Murat.

„Julius weiß es aber bestimmt noch nicht."

„Wieso? Hast du ihm keine Mail geschickt?"

„Wozu? Er liest die Mails doch meistens gar nicht", entgegnete der Autor und lachte.

„Heutzutage gibt es doch 'WhatsApp'" meinte Julius.

„Da könntest du aber auch öfters auf meine Nachrichten antworten", fand Murat.

„Klar, wenn du mir mal was anderes zusendest als irgendwelche Links zu Pornoseiten."

„Das eine Ding war doch gar kein Porno. Das war ein Dokumentarfilm über Martin Bohrmann und darüber was er machte, nachdem er in den USA untergetaucht war. Offenbar arbeitete er dort als Tankwart", log Murat.

„Murat, du weißt genau das das einer dieser Schundfilme von Russ Meyer war!", rief Julius aus.

„Na und? Die liefen doch schon mal auf Kabel1 und arte", verteidigte sich Murat.

„Aber das ist doch kein Argument. Wenn du mir einen Teller mit Pferdeäpfeln vorsetzt und sagst, dass Pferde auch auf Bauernhöfen wohnen, ändert das nichts daran das du mir Scheiße vorgesetzt hast", entgegnete Julius.

„Ach da fällt mir etwas ein! Wo du gerade Bauernhöfe erwähnt hast; vor Kurzem sind viele Bauernproteste gegen die Regierung gestartet", meldete sich der Autor zur Wort; einerseits um zu verhindern das seine Kumpels sich stritten und andererseits weil ihm das Thema wirklich am Herzen lag.

„Oh ja. Davon habe ich auch gehört. Gab auch tolle Fotos davon im Netz. Gut das endlich mal wieder jemand gegen die Regierung auf die Straße geht", fand Murat.

„Habe in letzter Zeit keine Nachrichten geschaut. Was genau ist da passiert?", fragte Julius.

„Die Regierung hat mal wieder die Spielregeln geändert. Ihr wisst schon; was sie ja auch tut wenn ein AfDler Alterspräsident des Bundestags zu werden 'droht' oder wenn deren parteinahe Stiftung Geld bekommen soll. Nicht das ich diese Partei besonders mag, aber die anderen Parteien schaffen es das ich praktisch schon gezwungen werde die AfD zu verteidigen" murrte der Autor und fügte dann hinzu: „Im Bezug auf die Bauern haben sie Subventionen gestrichen und wollen wohl auch irgendwie irgendeinen Passierschein A38 der EU umsetzen auf den normale Länder wie Ungarn einen Fick geben. Davon ganz abgesehen träumen die Regierenden auch davon, ihre Steuererhöhungen und Preissteigerungen könnte man vom Endverbraucher fern halten, indem die Unternehmen einfach auf Gewinne verzichten und die hohen Preise nicht an den Endverbraucher, also an uns, weitergeben. Die Politiker scheinen das mit voller Absicht zu machen oder kann jemand wirklich so blöd sein? Die Bauern sind ja im Grunde auch sowas wie Kleinunternehmer und müssen Futter für ihre Tiere, Medizin, Wasser und vieles mehr kaufen. Sie müssen auch Strom bezahlen, Diesel für die Traktoren, Dünger und natürlich Steuern. Darunter auch die Grundsteuer. Wenn also alles teurer wird, können die und viele andere gar nicht anders als die Kosten an uns weiter zu geben. Wo sollte das Geld sonst herkommen? Ach ja! Von Subventionen durch die Regierung, aber die sollen ja weg!", rief der Autor genervt aus.

„Dafür werden neue Ministerien subventioniert", meinte Murat.

„Ja. Und es gibt natürlich Entwicklungshilfe für Länder die bald auf dem Mars landen", fügte der Autor hinzu und knurrte.

„Da kann man verstehen das die Bauern sauer sind", überlegte Julius.

„Hm. Vielleicht sollten wir mal zu so einer Bauerndemo gehen. Wir sind zwar keine Bauern sondern Bürokaufmänner, aber trotzdem. Das Ganze geht uns ja alle an", schlug der Künstler vor.

„Na ja, wir haben alle eine bürokaufmännerartige

Ausbildung, aber ich wollte inzwischen ja lieber bei einem Sicherheitsdienst anfangen, was aber nicht geklappt hat. Ist aber auch egal. Ich muss Phoebe zwar noch fragen ob sie auch mitkommen möchte, aber was mich betrifft so bin ich auf jeden Fall dabei. Gerne können wir da mal zu dritt hingehen."

„Und du Julius?"

„Klar. Wir können hingehen und uns das Ganze mal anschauen. Die Bauern sorgen dafür, dass wir jeden Tag was zu essen haben", meinte Julius.

„Stimmt. Da ist es wohl das Mindeste, wenn wir sie etwas unterstützen", entgegnete der Autor.

„Ja. Und außerdem wird das nicht so lebensgefährlich wie die Proteste gegen die Virusmaßnahmen, wo die Polizei friedliche Demonstranten mit Wasserwerfern beschossen hat. So einen Traktor kriegt man mit einem Wasserwerfer schließlich nicht umgeschossen. Ganz zu schweigen von hunderten oder tausenden Traktoren", stellte Murat fest.

„Dann ist es beschlossene Sache. Bei der nächsten Demo sind wir dabei."

Darauf stießen die drei Kumpels an.

*

Nach dem Treffen mit seinen Kumpels begab sich Murat zu Phoebe zurück. Murat hatte ihr, damit ihr während seiner Abwesenheit nicht langweilig wurde, ein älteres LTB zum lesen gegeben. Nummer 335 mit dem schönen Titel „Walkampf" von 2005.

Er kam in die Wohnung und rief: „Phoebe! Ich bin wieder

zu Hause!"

Phoebe antwortete nicht. Also ging Murat ins Schlafzimmer, wo sie im Bett hockte und ganz vertieft in das LTB war. „Hallo Schatz", sagte Murat nun.

Phoebe schaute auf. „Ach, hallo. Hab dich gar nicht kommen hören. War es schön mit deinen Kumpels?", fragte Phoebe.

„Ja, war super. Gefällt dir das Lustige Taschenbuch?"

„Tolle Geschichten. Besonders 'Missbrauchte Memoiren', wo Dagobert Duck einen Schreiber für seine Biographie sucht. Ein Maler rät ihm zu einer Biographie in Bildern, die er natürlich zeichnet. Er würde lediglich gerne die Materialkosten erstattet bekommen, da seine Kunst ohnehin unbezahlbar ist. Dagobert ist einverstanden und fragt wie lange das Projekt dauern wird. Da meint der Künstler, es wären ungefähr zehn Jahre nötig. Da wird Dagobert sauer und schmeißt ihn raus."

„Hm. Eine Biographie in Bildern. Wäre ähnlich interessant wie ein Roman in Bildern. Auf jeden Fall mal etwas Neues. Aber ganz ohne Worte sollte auch so ein Buch nicht sein ... Dagobert hätte doch einfach Donald engagieren können und ihn dazu zu bringen eine Fotobiographie, zum Teil mit nachgestellten Szenen, zu machen. Donald sieht einem jungen Dagobert durchaus etwas ähnlich und die Großneffen Tick, Trick und Track haben auch ein bisschen Ähnlichkeit mit dem ganz kleinen Dagobert."

„Tatsächlich hat er dann Donald für das Schreiben der Biographie eingespannt, aber dabei ging einiges schief. Hm. Dagobert hätte doch einfach ein KI-Programm eine gute Bilderbiographie erstellen lassen können oder?", fragte Phoebe.

„2024 schon, aber ich denke 2005 war die Technik noch nicht so weit, noch nicht so günstig und noch nicht so massiv verfügbar. Aber heutzutage kann man mit dem Internet viel mehr. Eine KI im Netz könnte mir mit nur ein paar Stichpunkten einen ganzen Aufsatz schreiben."

„Werden die Leute dadurch nicht noch denkfauler?", fragte Phoebe.

„Ja, irgendwie wohl schon. Aber es gibt auch positiven Fortschritt. An ein paar Schulen gibt es jetzt 'Yu-Gi-Oh'-AGs. Leider nützt mir das nichts mehr, weil ich ja nicht mehr zur Schule gehe", berichtete Murat.

„Ich finde 'Yu-Gi-Oh' ganz okay, aber besonders die neuen Karten verstehe ich nicht so recht."

„Na ja Schatz. Dann lässt du halt Chuck Norris für dich spielen. Er gewinnt Yu-Gi-Oh nur mit Pokerkarten", scherzte Murat.

Phoebe lachte.

„Anderes Thema. Meine Kumpels und ich hatten die Idee demnächst mal die Bauernproteste zu besuchen und die Landwirte so solidarisch zu unterstützen. Würdest du gerne mitkommen?"

„Auf jeden Fall", antwortete Phoebe und freute sich richtig darauf mal wieder etwas mit mehreren Leuten zu unternehmen.

*

Es dauerte nicht lange und die vier gingen gemeinsam zu einer der größeren Demos. Zwischen der Siegessäule und dem Brandenburger Tor hatten sich mehrere tausend

Bauern mit vielen Traktoren getroffen und protestierten friedlich gegen die Machenschaften der Regierung. Einige Polizisten waren auch da um die Demo zu überwachen. Andere liefen durch den Park und sammelten Hundekot ein. Julius konnte nicht anders als einen der Wache stehenden Beamten zu fragen, warum seine Kollegen den Hundekot einsammelten. Der Polizist antwortete: „Reiner Zufall das wir und die heute hier zur selben Zeit arbeiten. Wir sind für die Sicherheit auf der Demo zuständig und die Kollegen gehören zur neu gegründeten 'SOKO Hundekot'."

„Äh... was genau macht die?", fragte Julius.

„Sie sammelt Hundekot ein, analysiert die DNA und ermittelt so die Hunde und infolgedessen auch deren Halter. Auf diese Weise kriegen sie die Häufchenhinterlasser."

„Aber was ist, wenn ein Hund aus einem Wurf von sagen wir Sechslingen stammt? Haben dann nicht alle sechs Hunde dieselbe DNA? Und wie ist das, wenn ein Hund seinem Besitzer geklaut wurde oder abgehauen ist und überall in Berlin kackt? Okay, beides dürfte der Besitzer polizeilich gemeldet haben; aber trotzdem. Und was ist, wenn ein Hundebesitzer immer die Scheiße wegräumt, er aber einen missgünstigen Nachbarn hat, der ihn stalkt und die Scheiße wieder herausholt und verteilt? Oder der Nachbar holt die Scheiße aus dem Mülleimer, kippt sie aus dem Beutel und meldet das dann der SOKO Hundekot?"

„Tja... also da kenne ich mich nicht aus; das müssten Sie alles die Jungs von der SOKO fragen, aber ich nehme an Sie und ihre Begleiter wollen sich lieber bei der Bauerndemo einbringen, oder?", antwortete der Polizist höflich mit einer Gegenfrage.

„Richtig", entgegnete Julius.

Daraufhin ging es prompt auf die Demo und die Vierergruppe winkte den Bauern mit ihren Traktoren freundlich zu. Der Beamte lächelte ihnen hinterher, nur um dann gleich von einem Kollegen angemacht zu werden: „Wie kannst du so höflich zu diesen Nazis sein?!"

„Na hör mal. Das sind doch keine Nazis", antwortete er.

„Natürlich sind das Nazis. Die kritisieren schließlich die Regierung und einige haben sogar Nazisymbole an ihren Traktoren."

„Wo sollen da bitte schön Nazisymbole sein? Gut, diese alte Bauernfahne vom Bauernprotest 1931 da drüben wirkt sehr düster mit dem vielen Schwarz, aber das ist doch nie und nimmer eine Naziflagge. Der Hans Fallada hat über diese Zeit sogar ein Buch geschrieben und manche Versionen des Werkes haben die Flagge auf dem Deckblatt glaube ich..."

„Die meine ich gar nicht. Ich rede von der da drüben", sagte sein Kollege und zeigte auf die schwarz-rot-goldene Deutschlandflagge.

Daraufhin schaute ihn der höfliche Beamte entsetzt an, wandte sich angewidert ab und beaufsichtigte die Sicherheit der Demo von einem anderen Standpunkt aus.

Die Vier waren inzwischen mit einem der Bauern ins Gespräch gekommen. Dieser erklärte ihnen die Schwierigkeiten seiner Zunft. „Nicht einfach nur tausende sondern Hunderttausende Bauern mussten in den letzten zwanzig Jahren in Mitteleuropa aufgeben. Es sieht echt übel aus; bei uns hier in Deutschland, aber auch in den Niederlanden. Unser Bruderland verkauft weltweit am zweitmeisten Getreide; nach den USA. Und dann kommt die EU mit ihren Verordnungen und die BRD-Regierung mit ihren Streichungen, um uns alles noch schwerer zu machen. Gleichzeitig soll der osteuropäische Markt mit Billiggetreide aus der Ukraine geflutet werden. Und an wen hat der ukrainische Präsident die Getreiderechte seines Landes verkauft. An Leute aus der US-Hochfinanz. Hier findet ein gezielter Krieg gegen die Bauern Europas und im Besonderen gegen die Bauern Deutschlands als das Herz Europas statt. Ja, der Ukrainekrieg ist übel, aber im Schatten dieses Krieges passiert auch viel Scheiße die man nicht übersehen darf. Und wenn es nur darum geht der Ukraine zu helfen, warum verschenkt Deutschland dann Geld und Waffen an die Ukraine und die USA verkaufen alles Möglich an die Ukraine? Die USA könnten doch im Namen von 'Demokratie und Menschenrechten' ihr Zeug auch verschenken. Aber das machen sie natürlich nicht; haben sie in zwei Weltkriegen nicht getan und tun sie auch heute nicht."

„Ach wissen Sie, wenn mir jemand damit kommt, im Westen würden Demokratie und Menschenrechte herrschen, sage ich ihm einfach acht Worte", meinte der Autor.

„Welche Worte?", fragte der Bauer neugierig.

„Tommy Robinson, Julian Assange, Edward Snowdon, Guantanamo, Ramstein."

„Meinen Sie mit Ramstein die Band oder den Stützpunkt? Ich nehme an, eher den Stützpunkt."

„Richtig."

„Viele Leute werden aber erst an die Band denken", wandte der Bauer ein.

„Da könnten Sie recht haben. Trotzdem ist es wichtig an Ramstein zu denken. Und an all diejenigen Mächtigen in der BRD die Beihilfe zu tausenden Morden leisten, indem sie zulassen das die Amerikaner von dort aus Menschen mit Drohnen töten", meinte der Autor.

„Tja, die Welt ist voll von so üblen Dingen. Und unsere lieben Politiker machen lieber das was ihre Bosse in der Wall Street wollen als das was gut und wichtig für uns kleine Leute wäre. Übrigens, trotzdem darf der Minister zu uns sprechen. Bei uns herrscht nämlich Redefreiheit. Bei uns auf jeden Fall!", betonte der Bauer.

„Davon das ein Minister redet war im Netz bei der Demoankündigung gar nicht die Rede", erinnerte sich Murat.

„Stimmt. Hat sich auch spontan so ergeben. Offenbar will man uns einlullen, aber wir lassen uns nicht beirren", meinte der Landwirt.

„Welcher Minister ist es denn?", fragte Julius.

„Na ratet mal", antwortete der Bauer und grinste.

„Der Landwirtschaftsminister?", fragte der Autor.

„Das würde total Sinn ergeben, also nein. Der ist es natürlich nicht."

„Der Wirtschaftsminister?", fragte Murat.

„Auch das wäre logisch und sinnvoll, also nein."

„Der Außenminister?", fragte Julius.

„Nein.

„Der Innenminister?", fragte Murat.

„Nein."

„Vielleicht der Finanzminister?", fragte der Autor.

„Natürlich nicht. Auch das wäre viel zu naheliegend und sinnvoll."

„Der Minister für Geschlechtergerechtigkeit in Mail?", fragte Phoebe.

„Nee", meinte der Landwirt und lachte.

„Phoebe, das Amt hast du dir eben ausgedacht, oder?",

fragte Murat in scherzhaftem Ton.

Julius schaute erst Phoebe und dann Murat an und sagte: „Bitte sagt mir, dass sie sich das ausgedacht hat!"

Phoebe holte ihr Handy hervor, öffnete ihren Zugang zum Netz und zeigte das „Ministerium für Geschlechtergerechtigkeit in Mali".

„Nein! Nein! Nein!", rief Julius.

Der Bauer stöhnte auf. „Ach ja. Auch das ist eines der neuen Ministerien, mit denen unsere Herrscher angeblich eine bessere Welt schaffen wollen. Ich bin auf dem Weg hierher übrigens gefühlt durch eintausend Schlaglöcher gefahren. Und ich fahre einen Traktor mit Riesenreifen!"

„Ja, das ist übel. Deswegen sind wir ja auch hier. Aber nun spannen Sie uns nicht länger auf die Folter. Welcher Minister wird reden? Nicht das es so ultrawichtig wäre ob nun NPC Nr. 1 oder NPC Nr. 3001 redet, aber wissen will ich es schon", meinte Murat.

„Äh... was genau bedeutet diese Abkürzung?", fragte der Bauer.

„Oh, entschuldigung. Die wird ja noch nicht so lange im öffentlichen Raum verwendet. In der Spielewelt heißt das so viel wie 'No Player Charakter'. Oder meinetwegen auch 'Non' statt 'No'. Ist fast dasselbe; englisch ist eine recht einfache Sprache", antwortete Murat.

„Für dich vielleicht", murrte der Autor.

„Ja, ja, du und dieser Rabe", sagte Murat und lachte.

„Was für ein Rabe?", fragte der Bauer neugierig.

„Als ich noch ein Kind war kam so eine verrückte Frau mit einem Stoffraben in unsere Klasse. Sie redete mit dem Stofftier unverständliches Zeug und das knapp eine Stunde lang. Ich ging davon aus das sie aus einer Irrenanstalt entlaufen ist und ignorierte sie. Als sie dann ging fragte ich einen Klassenkameraden der schon länger auf dieser Schule war wer das denn gewesen sei. Er meinte: 'Das war unsere Englischlehrerin'", erklärte der Autor.

Der Bauer musste lachen.

„Nun hätten wir aber schon gerne gewusst welcher Minister auf der Demo redet", meinte Murat.

„Der Minister für Radsportentwicklung in Peru", lautete die Antwort.

„So so", murmelte Julius.

„Offenbar sind die Steuergelder des arbeitenden Volkes gut angelegt. Ich bin kein Fan von Erdogan, aber wenn der in der Türkei auch nur ansatzweise so einen Schwachsinn abziehen würde, würde man ihn und seine Partei aus allen Ämtern, Parlamenten, Rathäusern und so weiter hinausjagen", stellte Murat fest.

„Tja, vielleicht sind die Bauernproteste ja der Startschuss dafür das Millionen Menschen merken was in Deutschland schiefgeht. Sie wachen auf und wählen die Leute ab, welche für die Missstände verantwortlich sind", überlegte der Bauer.

„Das wäre schön."

Da geriet etwa 50 Meter von ihnen entfernt etwas in Bewegung. Mitten auf der Straße in Sichtweite der Denkmäler für Bismarck, Moltke und Roon stand das Podium. Eben war dort noch nette Musik gelaufen und nun kündigte einer der Bauern eher wenig begeistert den Minister an. Dieser betrat das Podium und sah die Denkmäler. *Scheiß Nazis*, dachte er.

Daraufhin trafen ihn mehrere Regentropfen von oben, obwohl kaum ein Wölkchen am Himmel zu sehen war. Der Minister wischte die Tropfen ab und einige Bauern buhten und pfiffen ihn aus. *Also diesen Pöbel werde ich locker für mich gewinnen. Elender Arbeiter- und Bauernabschaum*, dachte er und begann zu reden: „Liebe Sklaven! Es ist meine göttliche Pflicht Euch zu verkünden, dass Ihr bald alle nichts besitzen und dabei glücklich sein werdet! Also kniet nieder vor Euren Politikern, betet uns an! Zahlt Eure Steuern und wenn Ihr an unserer Allmacht teil haben wollt, dann schreibt uns E-Mails. Gerne werden unsere Büroangestellten Eure E-Mails sammeln und Euch an unserer Göttlichkeit teilhaben lassen, in dem sie Euch das gesammelte Ambrosia zum essen zukommen lassen, dass vorne und hinten in Form von Ausscheidungen aus uns Politikern herauskommt! Nun beendet Eure Demos! Geht wieder an Eure Arbeit, die Ihr dank uns bald nicht mehr haben werdet und jubelt uns zu, während Ihr Eure Steuern an uns verrichtet! Vielfalt über alles!"

Daraufhin buhten alle anwesenden Bauern und auch die übrigen Unterstützer. Zwei Polizisten buhten ebenfalls und wurde sofort verhaftet, weil sie angeblich ihre Neutralitätspflicht im Dienst verletzt hätten. Daraufhin redeten sie sich heraus, sie hätten doch die buhenden Bauern ausgebuht und meinten: „Wollt Ihr uns etwa festnehmen weil wir gegen Nazis gebuht haben?"

Natürlich hatten sie für die Bauern gebuht, aber das war nicht beweisbar. Anders als ein Feuerwehrmann kurze Zeit später den Bauern zujubelte und dafür von Politikern angezeigt wurde.

Der Minister jedenfalls verließ die Bühne und ging umringt von Leibwächtern wieder weg. Daraufhin stellte sich ein Bauer auf die Bühne und verkündete: „Unsere Proteste gehen weiter!"

Alle jubelten.

Dann wurde ein altes Bauernlied aus Ostpreußen

abgespielt. Es hieß „Schwarz ist die Sorge":

Schwarz ist die Sorge und schwarz unser Brot,
und schwarz ist die Fahne der Bauernnot.
Schwarz ist die Erde wohl unter dem Pflug
und schwarz geht der Bauer im Trauerzug.
und schwarz geht der Bauer im Trauerzug.

Wir pflügen und säen und schaffen ohn' Ruh',
wir ernten und wissen doch nicht wozu.
Denn was wir erringen, mit unserer Kraft,
das wird uns genommen und fortgerafft.
das wird uns genommen und fortgerafft.

Was uns die Steuer zum Leben noch lässt,
das wir uns als Zinsen herausgepresst.
Und was wir verkaufen, das bringt uns nichts ein,
da möge der Teufel noch Bauer sein.
da möge der Teufel noch Bauer sein.

Jetzt sind wir am Ende, wir wollen nicht mehr,
wir sind ein verzweifeltes Bauernheer.
Schwarz ist die Sorge und schwarz unser Brot,
und schwarz ist die Fahne der Bauernnot.
und schwarz ist die Fahne der Bauernnot.

Das Lied war zwar etwas pessimistisch, aber die Situation
in der sich die Bauern, ja in der sich Deutschlands ganzer
Mittelstand befand, war auch alles andere als rosig.
Nachdem das Lied fertig gesungen war begannen sie mit

ihrem geplanten Demozug. Sie hatten diese Straße lange genug blockiert und dabei natürlich auch an die Helden Bismarck, Moltke und Roon sowie die mutigen Freiheitskämpfer von 1953 gedacht. Nun wurde es jedoch Zeit die Aktion näher an Reichstag und Kanzleramt zu tragen. Dafür fuhren sie nun los in Richtung des Gebäudes, welches einst zur Kaiserzeit die Inschrift „Dem Deutschen Volke" erhalten hatte und bei dem inzwischen konkrete Pläne der derzeitigen herrschenden Pseudoelite vorlagen es mit einem Burggraben zu umgeben. Die Bauern fuhren ruhig und diszipliniert nach und nach los. Auch das Podium, welches über Räder verfügte und an einen Traktor angeschlossen war, setzte sich bald in Bewegung. Julius, Murat, Phoebe und der Autor marschierten ebenfalls mit. Dabei bemerkte Julius, dass die Polizisten von der „SOKO Hundekot" inzwischen verschwunden waren. Offenbar hatten sie ihre in den Augen der Politiker und Bürokraten gewiss sehr wichtige Mission bereits beendet.

Der Bauer mit denen sich die vier Unterstützer unterhalten hatten war ebenfalls los gefahren. Vorher hatte er sich noch nett verabschiedet, falls man sich in der Masse nicht mehr wieder treffen würde und jedem eine seiner Visitenkarten übergeben. Sein Gutshof hieß „Fallada" und er selbst hatte sich mit den Worten „Ich bin übrigens Bert" verabschiedet.

Hinter dem „Fallada" stand ein * und weiter unten passend zu dem Sternchen eine kleine Zeile: „Leider nicht verwandt mit dem berühmten Schriftsteller". Die Adresse des Hofes war in Brandenburg. *Vielleicht kann man ja mal persölich vor Ort vorbei schauen und regionale Lebensmittel aus erster Hand kaufen, um so die guten*

Leute zu unterstützen, überlegte Julius, während er die Visitenkarte in seiner Tasche befühlte.

Die Traktoren knatterten, gaben einander Signale und wurden von zufällig vorbeikommenden Touristen bejubelt. Ein paar von ihnen schlossen sich an. Die Stimmung war trotz des absurden Auftritts eines Ministers vorhin sehr angenehm und entspannt. Plötzlich waren auf der geplanten Route jedoch einige Klimakleber, die sich auf der Straße festgeklebt hatten. „Wir demonstrieren hier gegen den Klimawandel und gegen den Faschismus!", schrie einer der Rotzlöffel, der mit seinen Genossen die Straße blockierte.

Ein paar Polizisten bewachten die Klebemenschen. „Tut uns sehr leid, aber jetzt können Sie leider nicht weiter!", rief einer der Beamte den Bauern zu und man merkte, dass es ihm ganz und gar nicht leid tat.

Ein anderer Polizist schüttelte genervt über seinen Kollegen, der offenbar auch sein Vorgesetzter war, den Kopf. „Kein Problem!", rief der Bauer im ersten Traktor, lachte und lenkte sein Gefährt einfach auf den leeren Bürgersteig.

Er fuhr um die Klebemenschen herum und alle anderen folgten ihm nach und nach. Der Polizist rief noch: „Das dürfen Sie nicht!", aber sein Ruf ging im Lärm der Traktoren und des lauten Jubels der Bauern unter.

*

Nicht lange danach befanden sich die Bauernprotestler beim Reichstag. Man konnte den Schriftzug „Dem

Deutschen Volk" von weitem sehr gut sehen. Dort sammelte man sich wieder in Massen und legte so das BRD-Regierungsviertel richtig schön lahm. Vom Podium aus wurden nun erstmal ein paar schöne Solidaritätsgrüße der Bauernproteste aus Frankreich, Österreich und den Niederlanden vorgelesen. Im Anschluss wurde noch einmal die verfehlte Landwirtschaftspolitik der Regierung angeprangert.

Kurze Zeit später bedankte sich ein Abschlussredner bei den Teilnehmern und die Truppen fuhren und gingen wieder nach Hause. Julius, Murat, Phoebe und der Autor machten sich auch auf den Weg. Sie gingen erstmal zu Murat nach Hause und futterten dort ein bisschen was. Dann schauten sie sich im Netz um, was so alles über die Demo berichtet wurde. Dort hieß es „Gewalt bei Bauerndemo: 23 Angreifer verhaftet".

„Hä! Wann soll das denn passiert sein?", fragte Julius.

„Habe ich auch nichts von mitbekommen", stellte Murat fest.

„Am Rande der Bauerndemo kam es zu Zusammenstößen von der Polizei und Demonstranten. Es gab mehrere Angriffe auf die Beamten und 23 Randallierer wurden festgenommen", las der Autor.

Phoebe schüttelte den Kopf. „Mal sehen ob wir im Netz noch andere Informationen dazu finden", meinte Murat und so suchten sie weiter.

Nach einigem Suchen war alles klar: Die Angreifer stammten gar nicht von der Bauerndemo, sondern von einer linken Gegendemo. Von dort aus war die Polizei attackiert worden, aber die Presse ließ es durch geschickte Formulierungen so klingen als ob die Bauern die Beamten angegriffen hatten. „Unglaublich", sagte Julius.

🐑 🐑 🐑 🐑 🐑 🐑 🐑 🐑 🐑 🐑 🐑 🐑 🐑 🐑 🐑 🐑

„Aber eigentlich nicht weiter überraschend. Man kennt die Medien; besonders die GEZfinanzierten", entgegnete Murat.

„Trotzdem eine ziemliche Sauerei. Also wenn ich nicht schon vorher auf Seiten der Bauern gewesen wäre; spätestens jetzt würde ich sie unterstützen", meinte der Autor genervt.

„Dann bleibt es also bei der Idee demnächst mal auf Herrn Falladas Hof zu fahren und dort einzukaufen?", fragte Phoebe.

„Selbstverständlich", antwortete Murat.

„Super. Wird bestimmt schön. Brandenburg ist ein wunderbares Bundesland. Komisch nur, dass die Bundesländer in Deutschland alle so klein sind. Bei uns drüben in den USA sind die alle irgendwie größer", meinte Phoebe.

„Ach, kein Problem. Die Amerikaner müssen das nächste Mal einfach nur auf unserer Seite kämpfen und dann bekommen wir auch lauter schöne, große, neue Bundesländer", scherzte Murat.

„Ich denke, selbst dann würden wir eher jede Menge neue, kleine Bundesländer kriegen", fügte Julius grinsend hinzu.

Die Vier überlegten noch ob sie sich die Berichte über die Bauerndemos im Fernsehen ansehen sollten, aber darauf verzichteten sie lieber. „Die Medien werden sowieso nur Märchen erzählen. Und wenn ich Märchen lesen will, nehme ich ein Buch der Gebrüder Grimm zur Hand. Oder sehe mir den Amifilm 'Brothers Grimm' an", meinte Murat zum Thema Medienkonsum.

„Eben. Und wenn man ohnehin schon weiß, was die einem so alles erzählen, warum soll man sich da überhaupt noch die Mühe machen und deren Lügen zuhören? Ich schaue mir das auch nur noch ab und zu an; leider kriegt man trotzdem oft genug etwas von diesem Schwachsinn ab", bemerkte der Autor.

„Mach dir nichts draus. Wichtig ist nur, dass man deren Schwindel durchschaut", entgegnete Murat und klopfte seinem Künstlerkumpel kameradschaftlich auf die Schulter.

„Ach Murat, du bist so ein guter Kamerad. Manchmal erinnerst du mich an den guten General Hans von Dankenfels."

„Ach echt?", fragte Murat stolz.

„Klar, wenn General von Dankenfels dreimal täglich bei seinem italienischstämmigen Kameraden Pio Filippani-Ronconi zum Pizza essen vorbeigekommen wäre", scherzte der Autor.

„Na du bist aber auch kein Pizzaverachter", entgegnete Murat, deutete auf den Bierbauch des Autors und lachte.

„Ach Leute, ich vermisse diese richtig gute Pizzaria Frankfurter Allee. Es ist einfach nur zum Kotzen das die dicht gemacht haben. Eines Tages standen wir..."
Julius deutete dabei auf sich und den Autor.

„... vor dem Laden und er war dicht. Ein Typ der dort arbeitete sagte uns noch, dass er nie wieder aufmachen würde. Einfach nur schade."

„Das klingt wirklich übel", stimmte Murat zu.

„Ja, so läuft das. Immer mehr Läden, Bauernhöfe, Unternehmen machen pleite und das nur weil die Politiker, die sich selbst die Gehälter erhöhen können, mit irgendwelchen neuen Steuern, Abgaben und unverständlichen Regeln um die Ecke kommen", beklagte sich Julius.

„Ein Grund mehr demnächst die Idee umzusetzen, bei dem

Bauern persönlich einkaufen zu gehen", bemerkte Murat. Dafür erntete er von allen Seiten zustimmendes Nicken.

Kapitel 2: Zu Besuch auf dem Bauernhof

Ein paar Tage später machten sie sich auf den Weg zu Bert Falladas Hof in Brandenburg. Jeder von ihnen hatte einen großen Rucksack für die regionalen Einkäufe vor Ort dabei und sie alle freuten sich schon darauf mal wieder Landluft zu schnuppern. Zunächst hielten sie die viel zu spät kommenden und ständig ausfallenden S-Bahnen und Regionalzüge jedoch etwas auf, aber schließlich erreichten sie ihr Ziel und betraten um die Mittagszeit Herrn Falladas Laden. Dieser erkannte sie sogleich wieder und begrüßte sie herzlich. Dann sagte er: „Bitte! Schauen Sie sich ruhig um. Wir haben eine große Auswahl."
Also wurden fleißig Käse, Eier, Knobloch, Zwiebeln, Kartoffeln und Karotten gekauft. Dann bat der Bauer seine Frau eine Weile auf den Laden aufzupassen und führte die vier jungen Leute aus der Stadt etwas herum. Er zeigte ihnen den nahegelegenen Hof und präsentierte ihnen eine herrliche Aussicht über seine Felder. Dann führte er sie ein wenig durch die Gegend. Dabei kamen sie an seinem Traktor vorbei und er meinte: „Die alte Betsy kennen Sie ja bereits."
Dabei klopfte er auf den Traktor. Dann bat er sie noch auf einen Tee in die hinteren Räumlichkeiten seines Ladens. Dort spielten gerade sein Sohn und seine Tochter mit zwei Katzen und mehreren Spielzeugbaggern, Spielzeugtraktoren sowie einigen Anhängern. Der Bauer Bert bat die vier Gäste Platz zu nehmen und servierte ihnen etwas Tee. Die Kinder sagten kurz „Hallo", ließen sich aber ansonsten beim Spielen mit den Katzen und dem Spielzeug nicht stören. Neugierig schaute eine der Katzen

dem Kind beim herumfahren mit dem kleinen Traktor zu. Die andere bekam von seiner Schwester gerade eine Streicheleinheit. „Schön, dass Sie gekommen sind um bei uns einzukaufen. Das hilft uns echt weiter; zumal die wirtschaftliche Situation alles andere als gut ist", meinte Bert Fallada.

„Da haben Sie recht und wir alle wissen wer Schuld daran ist", entgegnete Murat.

„Richtig, aber heutzutage darf man das nicht mehr einfach so sagen", meinte der Bauer.

„Wieso? Was ist passiert?", fragte Julius.

„Mir persönlich nichts, aber vor Kurzem wurde klar, dass Kritik an den Grünen sehr teuer werden kann. Ein Unternehmer aus Bayern stellte die Frage, ob Robert Habeck bis drei zählen kann? Er hängt Plakate auf seinem Grundstück auf und muss deswegen jetzt offenbar eine hohe Geldstrafe zahlen. Demnächst steht der bayerische Unternehmer vor Gericht, weil er auf zwei Plakaten die Grünen kritisiert hat. Dafür soll er 6.000 Euro Geldbuße bezahlen; jedenfalls verlangt das die Staatsanwaltschaft von München und verhängte im Einvernehmen mit einem Richter einen entsprechenden Strafbefehl."

„Interessant. Staatsanwaltschaft und Richter sind sich also mal wieder einig. Das hat einen interessanten Beigeschmack; so ähnlich wie wenn man vor Gericht gezerrt wird und das Gericht ernennt einen Pflichtverteidiger und ernennt einen Gutachter. Und gleichzeitig weigert sich dann plötzlich der Anwalt, den man sich zuvor selbst gesucht hat, den Fall zu übernehmen. Hat immer ein... unsere bayrischen Brüder würden sagen 'Geschmäckle'", meinte der Autor.

„Auf jeden Fall legte Widerspruch der gute Mann ein. Nun

steht vor Gericht die Frage im Raum: Ist Kritik an den Grünen noch von der Meinungsfreiheit gedeckt oder nicht? Die Polizei hatte die beiden Banner bereits im September, zwei Wochen vor der Landtagswahl in Bayern, von dem Privatgrundstück in Gmund am Tegernsee entfernt und beschlagnahmt. Vorwurf: strafbare Beleidigung von Politikern", berichtete der Bauer von dem Fall, von dem er gehört hatte.

„Intereressant. Was wenn er die Politiker als 'Pack', 'Nazis in Nadelstreifen', 'Dunkeldeutschland'. 'Brauner Bodensatz', 'Blinddarm der Gesellschaft', 'Haufen Scheiße' oder 'Fliegen' beschimpft hätte? Ach! Moment! So dürfen Politiker nur uns nennen!", fiel Murat ein.

„Vor Gericht muss nun jedenfalls die Frage geklärt werden, ob es sich wirklich um Beleidigung handelt oder um eine in einer Demokratie zulässige Kritik an den Regierenden?", meinte der Bauer.

„Hm. Wie werden die von den Politikern ernannten Richter und Staatsanwälte da wohl entscheiden?", überlegte Julius.

„Keine Ahnung, aber mir schwant Böses. Übrigens: Auf einem Plakat war wohl die Grünen-Chefin Ricarda Lang auf einer Dampfwalze zu sehen. Neben ihr stehen die Parteifreunde Landwirtschaftsminister Cem Özdemir, Wirtschaftsminister Robert Habeck und Außenministerin Annalena Baerbock. Darüber war der Satz zu lesen: 'Wir machen alles platt'. Am Fuß des Plakats prangt das Habeck-Zitat 'Vaterlandsliebe fand ich stets zum Kotzen.' Auf dem anderen Banner war wohl Habeck mit drei abgestreckten Fingern abgebildet und dazu gab es seinen legendären Satz zu Firmenpleiten: 'Unternehmen gehen nicht insolvent, sie hören nur auf zu produzieren'. Darunter steht die rhetorische Frage: 'Kann er überhaupt bis 3 zählen?' Wegen dieses Plakats soll nun der arme Unternehmer bestraft werden. Ein Mann, der wie Millionen andere durch die verfehlte Politik schon genug geknechtet wird. Aber wehe jemand beschwert sich darüber; das ist dann gleich eine Straftat!"

„Unfassbar", meinte Phoebe.

„Und dabei hat der Unternehmer die Dinger nicht selbst gestaltet, sondern gekauft. Als sie im August 2023 im hessischen Hanau ebenfalls auf einem Privatgrundstück auftauchten, verurteilten die dortigen Fraktionsvorsitzenden von CDU, SPD und FDP diese in einer gemeinsamen Pressemitteilung als 'bedrohlich und menschenverachtend'. Die Staatsanwaltschaft aber griff nicht ein. Das ist in Bayern anders. Ankläger und Gericht sahen in beiden Fällen den Straftatbestand der Beleidigung gegen die vier abgebildeten Grünen-Politiker erfüllt und verhängten im November den Strafbefehl. Aufgrund des Widerspruchs des Beschuldigten wird der Fall nun am 21. März 2024 um 11:00 Uhr vor dem Amtsgericht Miesbach verhandelt. Die Sitzung ist öffentlich. Der Anwalt des Unternehmers, Christoph Partsch, ist zuversichtlich. Dem Cicero, der zuerst über den Fall berichtete, sagte er: 'Der Inhalt des Plakats ist vollumfänglich von der in Artikel 5 des Grundgesetzes verbürgten Meinungsfreiheit gedeckt.'"

„Klar, als sein Anwalt muss er ihn ja verteidigen. Aber seit wann kümmern sich die Machthaber um unsere Grundrechte? Recht hat wer Macht hat. Die Politiker haben die Macht, wir nicht. Die Politiker ernennen Richter und hochrangige Staatsanwälte, wir nicht. Der arme Unternehmer dürfte keine Möglichkeit haben da ohne Geldstrafe herauszukommen", fand Julius.

„Ebenfalls völlig absurd, dass die Politiker herumjammern das solche Plakate 'bedrohlich und menschenverachtend' wären. Das hat etwas von Wohlstandsverwahrlosung. Man stelle sich vor, das Zentrum hättte 1927 ein solches Plakat über Ernst Thälmann aufgehängt. Hätte er dann herumgejammert, das sei 'bedrohlich und menschenverachtend'? Oder Kurt Schuhmacher? Oder Willy Brandt? Oder Helmut Schmidt? Hätte auch nur einer von denen wegen so etwas gejammert? Können Sie sich Karl Liebknecht vorstellen, wie er so ein Plakat sieht und ruft: 'Oh nein! Das ist ja so menschenverachtend! Jetzt muss ich ein Jahr lang zum Psychologen!' Jemand der wegen einem Plakat herumheult hat nie in seinem Leben hart gearbeitet oder ordentlich Prügel bezogen", stellte Murat fest.

„Also wie ich finde, steht das Urteil des Gerichts zu den Plakaten noch gar nicht fest. Es kommt schließlich auch vor, dass Richter zu Gunsten der kleinen Leute entscheiden", meinte der Bauer.

„Tatsächlich?", fragte der Autor skeptisch.

„Aber ja. Erst neulich wurde in diesem Zusammenhang der Robert Habeck so richtig blamiert. Ein twitter-, beziehungsweise ein X-Nutzer, der ihn als 'Vollidiot' bezeichnete, kam nämlich straffrei davon. Die Staatsanwaltschaft Hamburg hat ein Verfahren gegen einen 59-Jährigen mit dem Vorwurf der 'üblen Nachrede und Beleidigung' wegen Geringfügigkeit eingestellt, berichtete die Bild-Zeitung."

„Ach Sie lesen die Bild?", fragte Phoebe.

„Nur online. Nie im Leben würde ich echtes Geld für Zeitungen ausgeben. Wenn dann höchstens für ein gutes Buch oder Klopapier. Aber wie auch immer; der betreffende Typ hatte Wirtschaftsminister Robert Habeck in einem Posting als 'Vollidioten' bezeichnet, woraufhin der Politiker Anzeige erstattete. Offenbar hat Habeck nichts Besseres zu tun, als Leute anzuzeigen. Eigentlich sollte er ja genug mit seiner politischen Arbeit zu tun haben, aber nein! Stattdessen prozessiert er gegen kleine Leute, die sich darüber aufregen, dass er sich bei 'Maischberger' blamierte. Wann war das noch mal? Ach ja! Am 6. Dezember 2022 hatte der Wirtschaftsminister bei einem bereits legendären Auftritt in der ARD-Sendung 'Maischberger' seine wirtschaftliche Ahnungslosigkeit offenbart. Dort gab er zum Besten, dass Bäcker und andere Handwerksbetriebe zwar aufhören könnten, zu produzieren, deshalb aber nicht insolvent seien. Ein Gestammel, das selbst bei der hartgesottenen Fernseh-Journalistin für ungläubiges Staunen sorgte. Spott und Hohn waren in den nächsten Tagen die Folge. Empört über so viel Inkompetenz ließ sich der 59-jährige Hamburger dazu hinreißen, auf X ein Posting ins Netz zu stellen. Er schrieb den Medienberichten zufolge: 'Schmeißt diesen Vollidioten endlich raus'. Dabei verwendete er noch den Hashtag 'GruenerMist'. Das genügte dem ministeriellen, steinreichen Kinderbuchautor aus der weißen, woken, westlichen Weltbürgeroberschicht, um die Ermittlungsbehörden einzuschalten und gegen den frechen Untertanen gerichtlich vorzugehen."

„Woher wissen Sie, dass es Habeck selbst war und nicht einer seiner Handlanger?", fragte Murat.

„So stand es im Internet", antwortete der Bauer.

„Okay. Aber hieß die Sendung nicht 'Menschen bei Maischberger'?", fragte der Autor.

„Früher schon, aber die haben wohl den Titel geändert.

Auf jeden Fall wurde das Verfahren gegen den Mann eingestellt; ganze 13 Monate später steht der inkompetente Minister mit leeren Händen da. Für die Staatsanwaltschaft war das Delikt des Mannes zu geringfügig, um dafür bestraft zu werden. Das Wort 'Vollidiot' sei zwar ehrverletzend, dennoch sei eine Strafbarkeit 'im konkreten Fall im Zuge einer Güter- und Interessensabwägung' zu verneinen, zitiert die Bild die Juristen", berichtete der Bauer seinen Gästen.

„Na immerhin", meinte Julius.

„Trotzdem übel das es wegen Worten überhaupt einen Prozess gibt. In einem freien Land sollte niemand wegen Worten vor Gericht landen", fand Murat.

„Tja, aber die Mächtigen biegen sich die Dinge so wie es ihnen gerade gefällt. So ja auch im Falle von Martin Sellner. Sie wissen wer das ist?", fragte der Bauer.

Der Autor nickte, aber Julius, Murat und Phoebe verneinten. „Der Sellner ist ein Aktivist, der möchte das es in Europa weiterhin europäische Völker gibt und diese nicht aussterben. Das gefällt den Politikern der Blockparteien nicht, also bekämpfen sie ihn. Von der Union bis zur Linkspartei sind sie sich in ihrem Hass auf Sellner ein. So will das Innenministerium dem österreichischen Aktivisten Martin Sellner Einreisen nach Deutschland untersagen. Linke und CDU unterstützen im Bundestag den Plan der Ampel. In ihrem sogenannten 'Kampf gegen Rechts' wollen die politischen Parteien und die Sicherheitsbehörden eine neue Maßnahme ergreifen. Dem früheren Chef der Identitären Bewegung Österreichs, Martin Sellner, sollen Einreisen nach Deutschland verboten werden."

„Moment mal! Kampf gegen rechts? War da nicht was zur

Zeit Maos in Rotchina? So etwas mit mehreren Millionen Toten?!", rief der Autor aus.

„Richtig. Aber natürlich wollen die Regierenden und ihre Genossen bei uns nicht alle Rechten umlegen", meinte der Bauer.

„Ach nein? Und was ist dann mit ihren Forderungen wie 'AfDler töten' auf Plakaten? Oder wenn sie im Netz sagen 'Nazis darf man auf offener Straße erschießen', wobei sie entscheiden wer ein 'Nazi' ist? Oder wenn sie Sprüche bringen wie 'Statistisch wohnt bei jedem ein Nazi im Haus'? Fordern sie damit nicht auf die Nachbarn auszuspionieren, um dann was zu tun? Oder wenn sie in Netz schreiben 'Menschlich statt deutsch', so als ob Deutsche keine Menschen wären? Ich bin mir sicher, die wollen uns alle töten, aber sie haben anders als der verdammte Mao nicht die Eier dazu", entgegnete der Autor.

„Na ja, woher sollte jemand der Triggerwarnungen in Büchern benötigt auch diese Eier nehmen?", fragte Murat und lachte.

„Heißt es nicht Tiggerwarnungen?", fragte Julius.

„Ach, ist doch egal wie dieses linke Modewort richtig heißt. In ein paar Monaten ändern sie es sowieso wieder", meinte der Autor und winkte ab.

„Ich wüsste gerne mehr über diese Sellnersache. Was genau wollten die Machthaber denn wegen ihm unternehmen?", fragte Phoebe.

„Zunächst einmal machten sie daraus ein Thema im Innenausschuß des Bundestages, wie sowohl Linke als auch CDU bestätigten. Demnach prüft das von der SPDlerin Nancy Faeser geführte Bundesinnenministerium, ob Sellner grundsätzlich der Grenzübertritt verboten werden kann. Unions-Ausschußmitglied Philipp Amthor begrüßte den geplanten Schritt, mahnte aber zur Sorgfalt, damit sich der 35jährige nicht als Opfer stilisieren könne." *Irgendetwas sagt mir, dass deren Schuss mächtig nach hinten los ging*, dachte der Autor und grinste.

„Laut der Sprecherin der Linken-Gruppe für Antifaschismus, Martina Renner, hätten die 'Sicherheitsbehörden' im Bundestagsinnenausschuß die Frage aufgeworfen, ob die Regierung beabsichtige, gegen den Österreicher Maßnahmen zur Einreiseverhinderung zu ergreifen."

„Moment! Die Linken haben eine Sprecherin, beziehungsweise eine Gruppe für Antifaschismus? Kriegen die wegen ihrer Gruppenzugehörigkeit eigentlich zusätzliches Geld aus der Bundestagskasse? Und wenn ja, hat die AfD eine Gruppe gegen Antitotalitarismus?", fragte Murat.

„Davon weiß ich nichts. Aber was ich weiß ist, dass Vertreter des Ministeriums mit Bezug auf ein Einreiseverbot Sellners erklärten, 'dass dies in den Blick genommen und geprüft werde'. Und Amthor findet, eine Prüfung gegen Sellner sei 'richtig und notwendig'", erklärte Bert Fallada.

„Schön, dass sie ganz offen die Einheitsfront von Union bis Linkspartei zeigen", meinte Julius.

„War klar, dass auch der Amthor das Vorgehen unterstützt", murmelte der Autor.

„Ja, das war und ist nicht wirklich überraschend. Er findet: 'Wir sollten in unserer wehrhaften Demokratie generell keine Agitation gegen unsere Verfassungsordnung dulden – insbesondere nicht von ausländischen Extremisten wie Martin Sellner'. Weiter meinte er: 'Insoweit halte ich es für richtig und für notwendig, daß die Sicherheitsbehörden ein Einreiseverbot gegen Martin Sellner ernsthaft prüfen.'"

„So so. Aber wenn Vertreter der Taliban hier in Deutschland auftauchen und reden halten; hat er damit auch ein Problem?", fragte Murat genervt.

„Nicht das ich wüsste. Kann sein, aber mir ist keine Wortmeldung von ihm diesbezüglich bekannt. Auf jeden Fall ist die Aufregung um Sellner sehr groß. Anlass ist ein Treffen von CDU- und AfD-Politikern, bei dem Sellner am 25. November in Potsdam auch über die 'Remigration' von Ausländern sprach. Seit dem Bekanntwerden der Veranstaltung durch einen Correctiv-Bericht hat sich der Kampf der anderen Parteien gegen die AfD verschärft. Beinahe täglich wird zu Demonstrationen aufgerufen. Auch Bundeskanzler Olaf Scholz und Außenministerin Annalena Baerbock nahmen bereits daran teil. Praktischerweise lenken diese Demos schön im Sinne der Regierung von den Bauernprotesten gegen die Machthaber ab. Im Grunde ist das Ganze also eine pro-Regierungsaktion. Demnächst will der Bundestag sogar darüber entscheiden, ob er beim Bundesverfassungsgericht einen Antrag auf Entzug der Bürgerrechte von Thüringens AfD-Chef Björn Höcke stellt. Dieser würde dann auch sein Recht zu wählen und gewählt zu werden, verlieren. Bayerns Ministerpräsident Markus Söder forderte zudem, die AfD ebenso wie die in 'Die Heimat' umbenannte NPD von der staatlichen Parteienfinanzierung auszuschließen. Dabei übersieht Söder offenkundig den linksradikalen Gehalt vieler Demos und das dort genauso gegen seine Partei geschossen wird wie gegen die AfD. Aber Söder hofft halt bei den Linken mitmachen zu dürfen, wenn er sich nur gut genug von der AfD abgrenzt. Er vergisst:

Würde es die AfD nicht geben, wären er und seine Genossen Hassobjekt Nr. 1 der Roten", stellte Bert Fallada fest.

„Tja, nur ist es um die Roten selbst auch nicht sonderlich gut bestellt. Jetzt wo die Sarah Wagenknecht raus ist, ist die Urpartei der Linken im Eimer. Und das ist nicht der einzige Punkt, wo es abwärts geht. Nur wenige Monate vor den für die Linkspartei so wichtigen Landtagswahlen wirft der Mann hin, der sie eigentlich organisieren sollte; Bundesgeschäftsführer Tobias Bank", fiel dem Autor ein.

„Wer ist das?", fragte Phoebe.

„Seht Ihr! Der Mann ist enorm wichtig für die Linkspartei und keiner hier kennt ihn! Die Wagenknecht hingegen dürfte jeder kennen! Hand hoch wer Bank kennt!", forderte der Autor.

Niemand hob die Hand. „Hand hoch wer Wagenknecht kennt!"

Alle hoben die Hände; selbst Phoebe. „Seht Ihr. Die kennt jeder, den anderen kennt keiner. Und selbst der 38jährige Bank hat die Nase voll. Er erhebt schwere Vorwürfe gegen die Parteispitze und erhält dafür viel Zuspruch. Und er ist immerhin Bundesgeschäftsführer der Linken. Wenn sogar er nun sein Amt aufgegeben hat und schwere Vorwürfe gegen seine Partei erhebt, dann läuft da gewaltig etwas schief. 'Der aktuelle Kurs, fast alles auf Bewegungen außerhalb von Parlamenten sowie auf städtische Milieus zu konzentrieren und Wahlergebnisse scheinbar nicht mehr als Maßstab für politischen Erfolg zu sehen, ist nicht mein Verständnis von Politik', teilte Bank der ARD zufolge am Mittwoch in einem internen Schreiben mit."

„Also das glaube ich dir nicht", meinte Murat.

„Wieso denn nicht?", fragte der Autor.

„Na nie im Leben, in keinem Universum hast du dir die ARD angesehen."

„Habe ich auch nicht; habe es im Netz gelesen und dort wurde die ARD zitiert."

„Ach so! Okay, das ist realistisch", meinte Murat.

„Auf jeden Fall erklärte Bank, er wolle unter diesen Bedingungen nicht mehr als Feigenblatt eines vermeintlichen innerparteilichen Meinungspluralismus dienen. 'Daher kann ich auch nicht weiter Verantwortung für die bevorstehenden Herausforderungen für Die Linke übernehmen', betonte der Mann aus Berlin. Er hoffe, dass seine Partei nicht verloren sei und der kommende Bundesparteitag eine Kurskorrektur vornehmen könne."

„Der Hoffnung kann ich mich nicht anschließen. Wäre nicht schade drum, wenn diese Partei mit ihrem Antifawahn in der Versenkung verschwinden und die Grünen gleich mitnehmen würde", entgegnete Bert und die anderen Anwesenden nickten.

„Auf jeden Fall reagierte die linke Parteispitze um Schirdewan und Wissler sehr enttäuscht."

„Wer?", fragte Murat.

„Tja, und wieder haben wir zwei Leute die kein normaler Mensch kennt. Die Spitze der Linken um Martin Schidewan und Janine Wissler bedauerte den Rückzug des Bundesgeschäftsführers. Ja, die beiden die keiner kennt sind wirklich die Führer der Partei von Karl Liebknecht und Ernst Thälmann. Sie sagen: 'Wir bedauern den Rücktritt von Tobias Bank. Wir nehmen die Entscheidung mit Respekt zur Kenntnis und danken ihm für das Engagement und die geleistete Arbeit'."

„Moment! Wer von beiden hat das konkret gesagt?", fragte Phoebe.

„Keine Ahnung. Ich nehme mal an beide. Es ging aus den mir bekannten Medienberichten nicht genau hervor", meinte der Autor.

„Die sollen beide dasselbe gesagt haben?", fragte Julius skeptisch.

„Kein Plan. Vielleicht haben sie eine gemeinsame Pressemitteilung per Mail oder so herausgegeben. Was weiß denn ich?"

„Es ist schon sehr bezeichnend, dass die sich nicht mal in dieser Hinsicht Mühe geben", stellte Julius fest.

„Na immerhin haben sie folgendes erkannt: Die Herausforderungen in diesem Jahr seien groß, weshalb Die Linke nun einen schnellen und reibungslosen Übergang organisiere, um Kurs auf die Europawahl zu nehmen, heißt es von denen. Und: 'Gemeinsam werden wir alles daransetzen, dass 2024 für die Partei ein Erfolgsjahr wird.' Kommissarisch sollten nun die ehemalige Landesvorsitzende der Berliner Linken, Katina Schubert, und der ehemalige Landessprecher der bayerischen Linken, Ates Gürpinar, die Geschäfte der Partei übernehmen. Dabei wird jetzt bereits deutlich, dass Banks Rückzug die Linkspartei noch tiefer in die Krise stürzt. Traditionell ist die Bundesgeschäftsstelle einer Partei auch für die Wahlkampfplanung verantwortlich. Mit Thüringen, Sachsen und Sachsen-Anhalt wird 2024 in drei Bundesländern gewählt, die als einstiges Stammland der Linken gelten. Tobias Bank war seit 2022 Bundesgeschäftsführer der Partei. Davor betätigte sich der Politologe in der brandenburgischen Kultur- und Kommunalpolitik. Aus der Partei heraus kamen teils bedauernde Stimmen zu Banks Rückzug. Der Vorsitzende der Linken Bielefeld, Onur Ocak, bezeichnete den Schritt als eine 'verständliche Entscheidung'. Ocak schrieb dazu meines Wissens auf X: 'Er hat in einer schwierigen Lage das Amt des Geschäftsführers übernommen und den irren Kurs des Parteivorstands immer nach außen verteidigt.' Dafür habe Bank auch in seinem Kreisverband 'Prügel' einstecken müssen. Dass man das auf Dauer nicht durchhalte, sei klar. Ex-Linke Butterwegge beklagte: 'Genossen sind denunziert worden'. Zuletzt hatte sich auch die Kölner Sozialwissenschaftlerin Carolin Butterwegge über die verwahrloste Debattenkultur in der Linken beklagt. 'Man arbeitet sich mit Verve am innerparteilichen Gegner ab statt an den gesellschaftlichen und politischen Kontrahenten. Da sind viele Genossen ausgegrenzt und sogar denunziert worden, die ich sehr schätze', erläuterte Butterwegge meines Wissens gegenüber irgendeiner der Linken nahestehenden Zeitung ihren Entschluß, nach über 15 Jahren aus der Linken auszutreten. Butterwegge ist mit dem Linken-nahen Armutsforscher Christoph Butterwegge liiert und war seit Beginn Mitglied der Linkspartei. Es gebe ihres Erachtens immer weniger Solidarität in der Linken, kritisierte die Soziologin weiter. Außerdem würden die an sich richtigen Akzente im Parteiprogramm zunehmend 'auf Kosten sozial benachteiligter Bevölkerungsteile' umgesetzt. Immer mehr Menschen fragten sich, ob sie am Ende des Monats noch genug Geld haben, um den Kühlschrank zu füllen. Sie habe sich jahrelang dafür eingesetzt, dass es in der Linken in puncto Kinderarmut, Bildung und Soziales in eine richtige Richtung gehe. Das schlechte Parteiklima habe sie diesen Kampf aber aufgeben lassen. Wenn Ihr mich fragt; verwunderlich sind diese Austritte eigentlich nicht. Diese Partei ist erledigt, denn sie ist genauso woke wie die

Grünen und die übrigen Blockparteien und da sie eigentlich alles genauso macht wie die ist sie überflüssig. Warum sollte jemand die Linke wählen, wenn er die Grünen hat? Besonders wenn der klügste Kopf der Linken, die Sarah Wagenknecht keinen Bock mehr hat und ihre eigene Partei macht? Sie hat es ja auch erklärt: Die 'AfD ist so stark, weil die Politik in Berlin so katastrophal ist'. Damit hat sie ja durchaus recht. Sie meint auch, die Wähler seien zu Recht empört über die Bundesregierung und Demonstrationen gegen die AfD würden daher nichts bewirken. Schuld sei die Ampel, für die sie keine warmen Worte mehr finden kann. Und da sie nach wie vor Bundestagsabgeordnete und obendrein auch als Autorin sehr prominent ist, hört man der Sahra Wagenknecht zu, wenn sie ihre Zweifel am Nutzen von Demonstrationen gegen die AfD äußert. 'Die AfD ist nicht deshalb so stark, weil es plötzlich so viele Wähler mit rechtsradikaler Gesinnung gibt', sagte sie der Nachrichtenagentur dpa. 'Die AfD ist so stark, weil die Politik in Berlin so katastrophal ist.'"

„Ja, das erwähntest du schon", meinte Murat.

Der Autor fuhr fort: „Richtig. Aber es ist eben auch so, dass immer wieder im gesamten Bundesgebiet Menschen gegen die AfD und ihre vermeintlichen Pläne zur Ausweisung deutscher Staatsbürger demonstrieren. Laut Polizeiangaben sollen allein letztes Wochenende an die 900.000 Personen gegen die Oppositionspartei auf die Straße gegangen sein", erinnerte sich der Autor.

„Wer weiß, ob da die Zahlen nicht ebenso hochgeschätzt werden, wie sie bei den Protesten gegen die Virusmaßnahmen heruntergeschätzt wurden?", fragte der Bauer.

„Guter Punkt. Aber ich denke schon, dass dort wirklich so viele auf die Straße gehen, weil die Politiker und zahlreiche Promis sie dazu aufrufen. Dem Protest schlossen sich ja wirklich Politiker unterschiedlicher Parteien an. Na ja... offiziell sind es jedenfalls verschiedene Parteien. Bundespräsident Frank-Walter Steinmeier lobte die Demonstranten für ihren Einsatz für die Demokratie. Auch Wagenknecht blies in ein ähnliches Horn. 'Die Demonstrationen zeigen, dass viele Menschen sich Sorgen machen, wenn eine Partei, die Rechtsextremisten und Nazis in ihren Reihen hat, immer stärker wird', meinte sie und mahnte, man dürfe dabei nicht vergessen, wer für die guten Umfrageergebnisse der AfD verantwortlich sei: 'Und verantwortlich ist die Bundesregierung, die mit ihrer Unfähigkeit, Abgehobenheit und Klientelpolitik die Menschen zu Recht empört'. Außerdem führte sie weiter aus: 'Wenn jetzt Ampel-Politiker vorn in den Demonstrationen mitlaufen, ist das pure Scheinheiligkeit und Heuchelei, denn im Grunde demonstrieren sie damit gegen sich selbst, gegen die Früchte ihrer Politik.' Gleichzeitig hat ihre Partei im Prinzip eine Lanze für das auch von der AfD und Sellner erwünschte Ruanda-Modell gebrochen. Ihr Bündnis Sahra Wagenknecht warnte nämlich, dass sich in EU-Ländern wie Frankreich, aber auch in Deutschland sich in der Vergangenheit islamistisch geprägte Parallelgesellschaften gebildet haben.“

„Ach nee! Und merken die auch bald, dass der Himmel blau ist?“, fragte Murat ironisch.

„Mal sehen. Vielleicht werfen sie dem Himmel dann AfD-Werbung vor. Auf jeden Fall erkannten sie, dass man um die Asylkrise zu meistern auch das 'Ruanda-Modell' in den

Raum stellen sollte. Deswegen haben sie es zur Lösung der europäischen Asylkrise ins Spiel gebracht. In 'Frankreich und anderen Ländern, etwas schwächer ausgeprägt auch in Deutschland sind in den zurückliegenden Jahren islamistisch geprägte Parallelgesellschaften entstanden', heißt es in einem ersten Programmentwurf für die EU-Wahl im Juni, aus dem die Frankfurter Allgemeine zitierte. Daher müsse die EU über Asylverfahren an den Außengrenzen und in Drittstaaten nachdenken. Das 'Ruanda-Modell' ist nach einem Plan der britischen Regierung benannt, auf der Insel ankommende Migranten in den ostafrikanischen Staat Ruanda auszufliegen, um dort ihr Asylanliegen zu bearbeiten. Im November vergangenen Jahres hatte das Oberste Gericht des Vereinigten Königreichs den Plan als unrechtmäßig verworfen. Premierminister Rishi Sunak von den Konservativen kündigte daraufhin an, den Plan trotzdem weiter zu verfolgen. Außerdem ruft das BSW zu einem Kampf gegen die 'kafkaesk ausufernde EU-Regelungswut' auf. In ihrem Programmentwurf forderte die BSW-Spitze, Europa solle endlich ein eigenständiger Akteur auf der Weltbühne werden, statt ein 'Vasall der USA' zu sein. Krisen seien zur Normalität der europäischen Politik geworden. 'Die EU in ihrer aktuellen Verfassung schadet der europäischen Idee', betonte der BSW-Vorstand in seinem Programmvorschlag. Gegen die 'kafkaesk ausufernde EU-Regelungswut' helfe demnach nur ein 'eigenständiges Europa souveräner Demokratien in einer multipolaren Welt'. Außerdem solle sich die EU für eine 'Besteuerung von Superreichen' und einen Frieden in der Ukraine einsetzen. Michael Roth (SPD): Wagenknecht-Partei macht sich zu 'Putinknechten' Kritik an dem

Programmentwurf kam unter anderem von den Sozialdemokraten. Der Vorsitzende des Auswärtigen Ausschusses im Bundestag, Michael Roth, zeigte sich empört über das Papier. 'Das BSW sammelt wahl- und haltungslos auf, was an Problemen, Sorgen und Ängsten Menschen umtreibt', kommentierte Roth die Forderung aus dem Programmvorschlag auf X, die deutschen Waffenlieferungen an die Ukraine zu stoppen, um Russland zu Verhandlungen zu bewegen. Allein daraus entstehe noch keine gute Politik."

„Ach und was hat seine Partei in den letzten Jahren so alles an 'guter Politik' entstehen lassen?", fragte Murat.

„Na nichts", antwortete Julius.

„Genau. Aber auf einer neuen Partei herumhacken. Wobei diese Partei ja aus Mitgliedern einer alten Partei besteht, die bisher ebenfalls keine Probleme gelöst hat. Aber Roth findet eben: 'Wer sich zum verlängerten Arm Moskaus und zum Putinknecht macht, schafft keinen Frieden, sondern verlängert den Krieg und legt ganz Osteuropa in Brand'. Belege für diese Vorwürfe? Fehlanzeige. Der niedersächsische BSW-Politiker und Ex-Linke Frederick Broßart widersprach Roth in dem Kurznachrichtendienst. Die stetige Eskalation des Krieges sei kein Ziel für ein sicheres Deutschland und Europa, unterstrich der Wagenknecht-Anhänger. 'Ohne Frieden ist alles nichts.' Von einer gemeinsamen Sicherheitsarchitektur und Handel mit Rußland profitierten alle, findet er offenbar", berichtete der Autor.

„Na ob das mit der Wagenknecht-Partei überhaupt was wird?", fragte der Landwirt.

„Wieso nicht? Gibt bestimmt genügend Leute, die auf dieses Wählerblendwerk hereinfallen. Mag zwar sein das die Wagenknecht es ehrlich meint, aber kann man das auch guten Gewissens vom Rest ihrer Truppe annehmen? Vor der Wahl wird immer viel versprochen...", meinte Murat. „Na ja, erstmal bräuchte sie Wahlerfolge und danach sieht es meines Wissens nicht aus. Für ihre neue Partei könnte es vorbei sein, bevor es überhaupt begonnen hat. In Ostdeutschland würde sie aktuell nicht in die Landtage einziehen. Eine andere Partei hingegen erreicht einen neuen Rekordwert und das ist wenig überrasvhend die AfD. Sie ist mit Abstand stärkste Kraft, während die kürzlich gegründete Partei Bündnis Sahra Wagenknecht bei den diesjährigen Landtagswahlen in Ostdeutschland schlechte Chancen hat. In Thüringen, Sachsen und Brandenburg erreicht sie lediglich vier Prozent, wie aus einer Umfrage von Forsa im Auftrag von RTL/n-tv hervorgeht. Demnach würde die Partei rund um die Linken-Rebellin nicht in die Landtage einziehen. Stärkste Kraft bleibt die AfD. In Brandenburg erreicht sie 32 Prozent, in Sachsen liegt sie bei 34 Prozent. Der thüringische Landesverband von Björn Höcke erreicht mit 36 Prozent den höchsten Wert unter den drei ostdeutschen Bundesländern. In Thüringen liegt die AfD zudem mit 16 Prozentpunkten vor der CDU, die mit 20 Prozent den zweiten Platz belegt. Besser sieht es für die Christdemokraten in Sachsen aus, dort erreichen sie 30 Prozent. In Brandenburg hingegen landen sie mit 16 Prozent auf dem dritten Platz hinter AfD und SPD. Ausschließlich in Brandenburg erreichen die Sozialdemokraten ein zweistelliges Ergebnis. Hier kommt die Partei des brandenburgischen Ministerpräsidenten Dietmar Woidke auf 22 Prozent. In Thüringen liegt sie bei neun Prozent, in Sachsen erreicht sie ihren schlechtesten

Wert mit sieben Prozent. Für die restlichen Ampel-Koalitionspartner sieht es im Osten ebenfalls nicht rosig aus. Die Grünen liegen in Sachsen bei acht Prozent, in Brandenburg bei sieben Prozent und in Thüringen müssen sie mit fünf Prozent um den Wiedereinzug bangen. Deutlich unter der Fünf-Prozent-Hürde liegt die FDP mit drei Prozent in allen drei Bundesländern. Übrigens: Hier bei uns in Brandenburg und auch in Sachsen treten ebenfalls die Freien Wähler an. Während sie in Sachsen mit drei Prozent wahrscheinlich nicht in den Dresdner Landtag einziehen, liegen sie in Brandenburg bei fünf Prozent. Derweil hat die AfD auf Bundesebene ein neues Umfragehoch erreicht. Wäre am Sonntag Bundestagswahl, würden sich 24 Prozent der Wähler für die AfD entscheiden, wie aus einer Umfrage von YouGov hervorgeht. Demnach gewann die Partei von Alice Weidel und Tino Chrupalla einen Prozentpunkt dazu. Sie liegt jedoch weiterhin hinter der Union auf dem zweiten Platz. CDU und CSU führen mit 29 Prozent die Umfrage an, haben allerdings im Vergleich zur vergangenen Umfrage im Dezember 2023 einen Prozentpunkt verloren. Für die SPD würden sich 15 Prozent der Befragten entscheiden. Die größten Verluste verzeichnen die Grünen mit zwei Prozentpunkten. Die Regierungspartei liegt bei zwölf Prozent, die FDP bei sechs Prozent. Um ihren Wiedereinzug müsste die Linkspartei bangen, sie gewann einen Prozentpunkt dazu und liegt nun bei fünf Prozent."

„Woher haben Sie dieses Umfragenwissen?", fragte Phoene.

„Internet", antwortete der Bauer.

„Tja, das ist eben auch so ein Punkt. Zunächst einmal darf man keiner Umfrage trauen, die man nicht selbst gefälscht hat. Dann ändern sich solche Ergebnisse von Woche zu Woche. Mal schauen was in ein paar Wochen los ist, wenn die mediale Dauerpropaganda gegen die AfD doch wirkt", meinte der Autor.

„Eben. Und mal schauen ob die Wagenknechtpartei Erfolg hat und vor allem mit wem sie dann nach der Wahl zusammen arbeitet. Im Moment hat sich die Namensgeberin ja mit den Bauernprotesten solidarisiert. Gleichzeitig erteilten sie und ihre Genossen bisherigen AfD-Mitgliedern eine Absage. Aber immerhin hat sie den einstigen Bundestagsabgeordneten und Finanzexperten Fabio De Masi zu ihrem Spitzenkandidaten bei der Europawahl im Juni aufgestellt. 'Während draußen die Bauern gegen eine ungerechte und undurchdachte Finanzpolitik demonstrieren, setzen wir mit Fabio De Masi auf einen über die Parteigrenzen hinweg respektieren Wirtschafts- und Finanzpolitiker, der bei der Aufklärung von Finanzskandalen den Bundeskanzler vor sich hertrieb', sagte BSW-Generalsekretär Christian Leye meines Wissens dazu bei einer Vorstellung des Parteiprojekts in Berlin. Neben De Masi wurde wohl auch der ehemalige Oberbürgermeister von Düsseldorf und langjährige SPD-Politiker Thomas Geisel als Spitzenkandidat für die EU-Wahl aufgestellt. Bei seiner Vorstellung attackierte De Masi die Bundesregierung mit den Worten, diese sei der 'Erntehelfer der AfD'. Die SPD stehe in Sachsen bei unter fünf Prozent, während die AfD bei der kommenden Landtagswahl die absolute Mehrheit zu erringen drohe. Bei einer solchen Leistung hätte ein Bundeskanzler früher nicht mal mehr einen Job als Frühstücksdirektor angeboten bekommen. Olaf Scholz habe sich in der Vergangenheit in zahlreiche Skandale verstrickt und

Deutschland einen verhängnisvollen Sparkurs aufoktroyiert. 'Der Bauernaufstand zeigt, wie hoch der Druck im Kessel ist', betonte der 43jährige in der Bundespressekonferenz. Die Entwicklungen in der Infrastruktur, beim Wohnen, in der Bildung und bei den Löhnen zeigten nach unten. 'Mit jeder Woche, in der diese Regierung Deutschland führt, verlieren unser Land und Europa an Zukunft', betonte De Masi. Die politischen Mitbewerber reagierten zunehmend nervös auf das BSW. 'Dazu sollten sie auch allen Grund haben', unterstrich der Finanzpolitiker meines Wissens gegenüber den Medien."

„Pah! Humbug! Die sind nur nervös, weil eine andere Partei ihre Pöstchen bedroht. Eine Partei, die Fleisch vom Fleisch der Altpartei namens 'Linke' ist. Aber es werden wohl einige Wähler darauf hereinfallen; hereinfallen auf eine Truppe, die jahrelang eben genau die Politik mitgetragen hat, die sie nun aus Angst vor der AfD kritisieren", meinte Murat.

„Mag sein. Ich fürchte, da dürftest du recht haben. Aber immerhin: De Masis Co-Kandidat Geisel monierte unterdessen, Sozialdemokraten in der Tradition Willy Brandts und Helmut Schmidts seien heimatlos geworden. Mit seinen Grundsätzen sei er in der Wagenknecht-Partei mittlerweile besser aufgehoben als in der SPD. Wagenknecht zeigte sich unterdessen sicher, daß ihre Partei gut aufgestellt in die kommenden Landtagswahlen ziehen werde. 'Wir sind zuversichtlich, bei allen drei Wahlen mit kompetenten Landeslisten anzutreten', betonte die 54jährige. Sie selbst werde aber weder zur Europa- noch zu den anstehenden Landtagswahlen antreten. An der Debatte rund um den Zustand der Demokratie in Deutschland bemängelte Wagenknecht, dass dabei oft

'Ursache und Wirkung' verwechselt würden. 'Die Demokratie wird in erster Linie durch eine Politik gefährdet, von der sich immer mehr Menschen im Stich gelassen fühlen.' Die Landwirte demonstrierten derzeit, 'weil sie zu Recht nicht einsehen, dass sie für die Unfähigkeit der Ampel, einen soliden Haushalt aufzustellen, am Ende bezahlen sollen'. Das BSW sei angetreten, die 'Unfähigkeit und Arroganz im Berliner Regierungsbezirk' zu überwinden, meint sie."

„Wer's glaubt", kommentierte Murat.

„Nun, wir werden sehen. Ich persönlich bin auch eher skeptisch. Zu den 45 Gründungsmitgliedern gehörten Abgeordnete verschiedener Parteien sowie auch Gewerkschafter, Unternehmer, Ärzte und Professoren. Der Parteivorstand besteht neben Wagenknecht selbst auch aus der einstige Linken-Fraktionschefin im Bundestag, Amira Mohamed Ali, dem IT-Unternehmer Ralph Sulikat und dem Bundestagsabgeordnete Christian Leye. In das traditionelle Koordinatensystem der Politik wollte Wagenknecht ihre neue Partei indes nicht einordnen. 'Viele Menschen können mit den Labels links und rechts nichts mehr anfangen. Wenn es links ist, sich für soziale Gerechtigkeit einzusetzen, dann treten wir für dieses Erbe ein.' Und trotzdem sieht sie Problem darin, dass BSW-Politiker die von der marxistischen Tageszeitung Junge Welt ausgerichtete Rosa-Luxemburg-Konferenz besuchen. 'Wo kommen wir denn hin, wenn wir nicht ins Gespräch kommen und keine Debatten mehr führen?', fragte die einstige Kommunistin, die für Autoren wie Klaus-Rüdiger Mai in seinem Buch "Die Kommunistin' auch weiterhin eindeutig Eine ist. Es sei laut Wagenknecht legitim, über Fragen der sozialen Gerechtigkeit und der Friedenspolitik zu diskutieren. Da mag sie recht haben, aber auch das hat eben ein 'Geschmäckle'... Auf einer Konferenz zu einem späteren Zeitpunkt sollte dann Medienberichten zufolge die BSWlerin Żaklin Nastić unter anderem mit Gewerkschaftsfunktionären und DKP-Politikern über das Thema 'Wer stoppt die Rechten?' diskutieren. AfDler lud Wagenknecht indes nicht in ihre neue Partei ein. 'Aus inhaltlichen Gründen sehe ich das nicht als möglich an', erläuterte sie. Es werde nun genau geprüft, daß nicht die Falschen in das BSW kämen."

„So viel also dazu, dass sie angeblich weder links noch rechts sein wollen! Links sind sie und das ist offensichtlich. Mal sehen wie viele Leute auf diese Show hereinfallen", entgegnete der Bauer.

„Tja, es ist eben immer dasselbe. Die ziehen eine gigantische Show ab, um uns unsere Wählerstimmen abzuluchsen. So ist das ja auch bei Kanzler Scholz, wenn er Deutsche zum Kampf gegen die AfD aufruft. Er verlangt doch ernsthaft von den Bürgern, sich gegen Rechtsextremismus und gegen die AfD zu engagieren. Denn diese drohe seiner Meinung nach das Land zu spalten. Also hat der Typ, der beim G20-Gipfel in Hamburg komplett versagte die Bürger dazu aufgerufen, sich gegen seiner Meinung nach extrem rechte Strömungen und gegen die AfD zu engagieren. Dem RBB-Inforadio sagte er laut einer Vorabmeldung der ARD-Anstalt, man müsse gegen die AfD antreten und argumentieren", erinnerte sich der Autor.

„Junge, hörst du dir ernsthaft sowas wie den RBB an? Hör doch lieber Deutschrap oder so", schlug Murat vor.

„Ich habe es ja auch nicht direkt im Radio gehört, sondern darüber gelesen, dass er es im Radio gesagt hat. In einem

Artikel, den ich natürlich gleich mit Werbung für meine Bücher kommentiert habe. Demnach behauptete Scholz, was über die Ziele der AfD nach dem angeblichen Geheimtreffen in Potsdam bekannt geworden sei, drohe das Land zu spalten", fiel dem Autor weiter ein.

„Klar. Deswegen haben die Pseudoenthüller ja auch sechs Wochen mit ihrer 'Enthüllung' gewartet. So lange bis die Bauernproteste kamen und aus den Medien verdrängt werden mussten. Und was für eine Enthüllung! Die AfD ist für Remigration; wer hätte das gedacht?", fragte der Bauer genervt.

„Scholz war davon offenbar mehr als nur überrascht. Immerhin hat er ja auch Wirecard vergessen; von daher weiß er wohl auch nicht mehr was die AfD so alles will. Er meint, dagegen brauche es eine gemeinsame Antwort der Demokraten."

„Ah! Also werden ihn alle Demokraten bald nach Wirecard fragen?", fragte Murat.

„Natürlich nicht. Er meint natürlich, man müsse mehr gegen die AfD kämpfen. Außerdem verwies Scholz darauf, er und seine Genossen hätten den den Sozialstaat massiv ausgebaut. Der Bundeskanzler forderte auch, Institutionen wie das Bundesverfassungsgericht stärker davor zu schützen, von politisch extremen Kräften geprägt zu werden", erklärte der Autor.

„Ach, dann will er dafür sorgen, dass Richter nicht mehr Mitglieder parteinaher Stiftungen sein dürfen?", fragte Julius.

„Bestimmt nicht. Zuletzt waren Pläne bekannt geworden, dass Ampel und CDU/CSU in dieser Sache eine Grundgesetzänderung planen, damit die AfD für den Fall einer absoluten Mehrheit im Bundestag keinen Einfluß auf das Bundesverfassungsgericht nehmen kann.

Unverständnis für den hohen Zuspruch der AfD äußerte Scholz auch, weil in den zurückliegenden beiden Jahren der Sozialstaat so massiv ausgebaut worden sei wie seit 20 Jahren nicht. Er sagte, es gebe plausible Anhaltspunkte dafür, dass Deutschland zuversichtlich in die Zukunft schauen könne. Tja, aus seiner Sicht gesehen mag das wohl stimmen. Er und seine Bundestagskollegen haben für den Rest ihres Lebens finanziell ausgesorgt."

„Nur wir kleinen Leute sind am Arsch", murrte Julius.

„Und wie genau wollen sie das Bundesverfassungsgericht schützen? Habe auch schon davon gehört, habe es aber wieder vergessen", fragte Bauer Bert.

„Ich glaube, dafür wollen Ampel und Union das Grundgesetz ändern. Dafür telefonierte die Regierung bereits mit dem Verfassungsgericht. Es geht um eine absolute Mehrheit der AfD. Diese soll dann keinen Einfluß auf das Gericht haben. Soweit ich das sehe, sind sich SPD, Grüne, FDP sowie CDU und CSU darin einig", meinte der Autor.

„Natürlich. Die sind sich doch immer einig, wenn es darum geht die Regeln zu ihren Gunsten zu ändern und Andersdenkende zu bekämpfen", entgegnete Bauer Bert.

„In diesem Fall wollen sie wohl das Grundgesetz ändern, damit die AfD im Fall einer absoluten Mehrheit keinen Einfluß auf das Bundesverfassungsgericht erlangt. Darüber seien sich die fünf Parteien 'im Grundsatz einig', berichtet das 'Redaktionsnetzwerk Deutschland'. Bekannt ist bisher, dass das Bundesverfassungsgerichtsgesetz ins Visier des großen Bündnisses geraten ist. Dieses ist aktuell mit einfacher Mehrheit zu ändern. Es soll künftig nur noch mit zwei Drittel der Abgeordneten überarbeitet werden

können, indem die dortigen Regelungen in das Grundgesetz geschrieben werden. Damit soll verhindert werden, dass die AfD daran Änderungen vornimmt, falls sie die Mehrheit stellt. Justizminister telefoniert mit Verfassungsgericht Doch offenbar planen die fünf Parteien weitere Änderungen. Dafür telefonierte laut Welt der FDP-Bundesjustizminister Marco Buschmann bereits am 12. Dezember 2023 mit der Vizepräsidentin des Bundesverfassungsgerichts, der SPDlerin Doris König. Er teilte ihr 'erste Überlegungen zur Resilienz des Rechtsstaats' mit und fragte sie nach ihrer Einschätzung. Sowohl das Gericht als auch das Justizministerium weigerten sich, Einzelheiten zu nennen. Die Union reagierte wohlwollend auf das Vorhaben der Ampel, Hand ans Bundesverfassungsgericht zu legen. 'Wir teilen die Sorge der parteipolitischen Einflußnahme auf die Justiz und insbesondere das Bundesverfassungsgericht', sagte die stellvertretende Fraktionsvorsitzende Andrea Lindholz den Funke-Zeitungen. Auch der Parlamentarische Geschäftsführer der FDP, Stephan Thomae, erklärte, Parlamentarismus und Verfassungsgerichtsbarkeit müssten 'widerstandsfähiger gegen Feinde der Demokratie' gemacht werden. Der Geheimdienstpolitiker der Grünen, Konstantin von Notz, will wegen der für die Grundgesetzänderung nötigen Zweidrittelmehrheit die Union ins Boot holen. Und das soll schnell gehen: Man müsse jetzt 'zügig beraten und entscheiden, wie wir das für unsere Demokratie maximal wichtige Bundesverfassungsgericht besser schützen können'."
„Na die Grünen müssen gerade reden", meinte Murat. „Klar, Demokratie ist für die Altparteien, wenn der Linkeste im Raum recht bekommt. Und Eile ist aus Sicht

der Altparteien auch noch geboten: Stellt die AfD allein oder mit dem BSW nach der nächsten Bundestagswahl mehr als ein Drittel der Abgeordneten, könnten die Pläne nicht mehr umgesetzt werden. Die Richter am Bundesverfassungsgericht werden vom Bundestag mit Zwei-Drittel-Mehrheit gewählt. Das Vorschlagsrecht liegt in der Regel bei Union, SPD und Grünen. Diese wählen die Kandidaten dann gemeinsam. Zuletzt hatte Bundeskanzlerin Angela Merkel so den stellvertretenden Unions-Fraktionsvorsitzenden Stephan Harbarth zum Richter und später zum Präsidenten des Gerichts gemacht. Der Berufspolitiker hatte nie zuvor als Richter gearbeitet."

„Oh ja, unsere Gerichte sind offenkundig voll neutral", meinte Julius ironisch.

„Vielleicht wird das genauso eine Luftnummer wie das Einreiseverbot von Martin Sellner. Der kam ja kurze Zeit später doch problemlos über die Grenze nach Deutschland, führte so Politiker und Systemmedien vor und seine Bücher werden wegen dem ganzen Theater immer berühmter", fiel dem Landwirt ein.

„Natürlich wird den 'gegen rechts'-Fanatikern Sellners Erfolg sauer aufstoßen. Ist allein sein Dasein doch eine Beleidigung für ihre Weltsicht. Aber so große Demos sind natürlich leider durchaus ein Erfolg. Es ist ja auch so: Zu den Demos gegen die AfD und deren vermeintliche Pläne kommen Hunderttausende. Doch wo 'gegen Rechts' marschiert wird, verzichten die Veranstalter oft auf die Abgrenzung nach Linksaußen. Doch auch andere Extremisten stellen ein Problem für die bürgerlichen Parteien dar, die Brandmauern hochhalten wollen. Darüber, ob es sich für jemanden aus dem bürgerlichen Lager geziemt, bei einer Demonstration 'gegen Rechts'

mitzulaufen, ist man sich zumindest in den unteren Rängen der Union, wo hier und da noch Spuren von Anstand vorhanden sind, uneinig. Beispielsweise in der Ruhrgebietsstadt Herne, wo die örtliche CDU sich geweigert hat, den Aufruf zur Teilnahme an einer Kundgebung des Bündnisses 'Schirme gegen Rechts' zu teilen. 'Wir rufen nicht zur Teilnahme an einer Antifa-Demo auf', erklärte der örtliche Parteichef, Christoph Bußmann, und bezeichnete die Veranstalter gegenüber der Westdeutschen Allgemeinen Zeitung als 'Linksextreme'.“
„Na mal sehen wie lange der seinen Posten noch hat“, kommentierte Murat die Ausführungen des Autors.
„Hierzu sei angemerkt: Diese Warnung hielt seine Parteikollegin Bettina Szelag nicht davon ab, dabei zu sein. 'Ich bin einst in die Politik gegangen, um mich gegen den rechten Mob zu stellen', meinte sie im Gespräch mit demselben Blatt.“
„Ach, also nicht etwa um Politik für ihre Mitbürger zu machen oder die Probleme ihrer Gegend zu lösen, sondern um sich einem 'Mob' entgegenzustellen? Tja, blöd nur das dieser Mob lediglich in der Phantasie von Linken vorhanden ist“, meinte der Landwirt.
„Tja, es folgen die üblichen Sprüche Sie wolle ihren Kindern nicht erklären müssen, warum sie nichts getan habe. So als ob ein zweites 1933 bevorstünde, nur weil die AfD in Umfragen zulegt. Das kommt dabei heraus, wenn die Politiker so drauf sind, dass sie ihre eigenen Märchen glauben“, entgegnete der Autor.
„Aber immerhin; dieser Bußmann hat klare Kante gezeigt“, lobte Murat.
„So schien es, aber vergesst nicht; er ist in der Union. Und die Union wehrt sich anfangs immer ein bisschen, nur um

dann doch den Linken nachzugeben. Nach einer Welle von Kritik relativierte auch Bußmann seine Aussagen in der Zeitung. 'Nur weil ich nicht zu einer Antifa-Demo aufrufe, bin ich nicht mit der AfD in einem Boot', betonte er."

„War klar. Er ist ja in der Union. Ein Knicks vor dem linken Zeitgeist muss immer kommen. Typisch für diese Leute", meinte der Bauer.

„Aber immerhin ist Herne kein Einzelfall. Auch im Schwarzwald, in der Gemeinde Lahr, distanzierte sich die CDU-Gemeindefraktion von dem örtlichen Protest. Die gemäßigten Wähler der AfD hole man nicht mit Kundgebungen zurück, hieß es von der Vorsitzenden Ilona Rompel. Trotzdem kündigten einige Mitglieder an, bei der Demonstration mitzumachen. In den vergangenen drei Wochen organisierten verschiedene überparteiliche Bündnisse mehr als 400 Kundgebungen. Das von der linken Rechercheplattform 'Correctiv' geschilderte 'Geheimtreffen' mit Politikern der AfD, bei dem angebliche Massendeportationen von Migranten mit deutschem Pass geplant worden sein sollen, mobilisierte viele. Verdächtig daran ist: Von Anfang an spielten die Klimabewegung 'Fridays for Future' sowie die linke Kampagnenplattform 'Campact' eine federführende Rolle bei dieser Operation. 'Campact' betreibt das Portal 'Zusammen gegen Rechts', wirbt bundesweit für die Proteste und hatte sich an der Organisation der zentralen Demos unter dem Motto 'Demokratie verteidigen' in Berlin mit rund 100.000 Teilnehmern betätigt."

„So so. Man nennt es also 'Demokratie verteidigen', wenn ein Block aus Altparteien, Promis, NGOs, Medien, Kirchen und Gewerkschaften gemeinsam gegen eine Oppositionspartei demonstriert und auf den Demos gefordert wird, man solle 'AfDler töten'? Tolle Demokratie", meinte Bauer Bert.

„Ja, auch sehr 'demokratisch': Der Verein plädiert auf seiner Seite auch für ein Verbot der AfD-Landesverbände in Sachsen, Thüringen und Sachsen-Anhalt. FFF hingegen ist nahezu flächendeckend an den Demonstrationen als Mitveranstalter beteiligt. Auf dem Blog von 'Campact' begründet eine Ortsgruppe die Rolle der Bewegung bei den Protesten mit intersektionalen Ansätzen. 'Klimagerechtigkeit heißt Antifaschismus', schreibt sie und gibt somit offen zu worum es wirklich geht; junge Leute nach Links zu drehen. Sowohl Klimabewegungen, als auch linke Gruppierungen würden sich gegen Strukturen richten, die 'die Schwächsten unserer Gesellschaft' besonders belasten würden. Mancherorts sind auch gewaltbereite Linksextreme dabei Vielerorts demonstriert FFF auch mit Linksextremisten. In Karlsruhe mobilisierte neben der örtlichen Ortsgruppe das 'Offene Antifaschistische Treffen', das nach Angaben des baden-württembergischen Verfassungsschutzes eine 'gewaltorientierte Gruppierung' ist. Die Gruppe war bereits im Juni 2021 aufgefallen. Während einer Kundgebung gegen Corona-Maßnahmen versuchte die Gruppe, die Teilnehmer anzugreifen. Bei ihren Mitgliedern waren unter anderem Pyrotechnik sowie Pfefferspray gefunden worden. Auch in Frankfurt am Main gehörten sogenannte 'Autonome' und andere Radikale zu den offiziellen Unterstützern. An der Großdemonstration mit rund 40.000 Teilnehmern unter dem Motto 'Demokratie verteidigen' beteiligten sich beispielsweise die Antifaschistische Basisgruppe Frankfurt am Main/Offenbach sowie die vom hessischen Verfassungsschutz als linksextrem eingestufte türkische 'Föderation Demokratischer Arbeitervereine'. Hessens neuer Innenminister Roman Poseck warnte deshalb vor voreiliger Parteinahme. 'Wir sind gegen jede Form von Extremismus, egal ob von rechts oder von links', betonte er im Gespräch mit der Bild-Zeitung."

„Das sagt er offiziell. Aber ich denke mal jeder weiß, wer weiterhin BRD-Steuerzahlerstaatsknete bekommen wird: Die Rotfront!", rief der Bauer genervt aus.

„Trotzdem behauptet der Mann in Hessen: Wenn linksextremistische Kräfte dabei seien, trete die CDU nicht als Mitveranstalter auf. Eine Aussage, die eine Hintertür offenläßt. In Frankfurt am Main hatte sich die Union zwar aufgrund der Unterstützung durch Linksextremisten dagegen entschieden, für den Protestzug zu werben. Zugleich bekräftigte der stellvertretende Vorsitzende des Stadtverbandes, Yannick Schwander, viele Mitglieder seien dabeigewesen. 'Ich selbst konnte am Samstag leider nicht, aber ich werde immer, wenn ich Zeit habe und es möglich ist, gegen die AfD und alle anderen Extremisten demonstrieren.' Ähnlich sieht es bei der Schwesterpartei aus. Der Vorsitzende der Münchner CSU, Bayerns Justizminister Georg Eisenreich, machte bei der Großkundgebung am Siegestor mit, obwohl Linksextremisten zu den Aufrufunterzeichnern zählten. Denn die Christsozialen hätten eine 'ganz klare Haltung': Keine Nachsicht gegenüber Rechtsextremismus. Zugleich machte er deutlich, eine Nachfolgedemo müsse andere Organisatoren haben. Dabei zeigte sich die Anmelderin, Lisa Poettinger, alles andere als begeistert von der Teilnahme der Christsozialen. 'Ich habe gar keinen Bock auf Rechte jeglicher Couleur', schrieb sie auf dem Kurznachrichtendienst X, beziehungsweise twitter im

Vorfeld der Demo. Die Studentin war Mitglied der klimaradikalen 'Extinction Rebellion' und nahm an den Protesten gegen die Räumung des Dorfes Lützerath teil. Dort rief sie unter anderem zu einem 'Systemsturz' auf. Bei der Münchner Demo hielt Poettinger ein Schild mit der Überschrift 'AfD hetzt, Ampel setzt um – dem Rechtsruck entgegentreten' auf der Bühne, eine Parole gegen die geplanten asylpolitischen Verschärfungen. CSU-Politiker Eisenreich äußerte dafür Unverständnis: 'Wer die Union und selbst die Ampel im gleichen Atemzug mit der AfD für rechte Politik angreift, spricht nicht für den Großteil der Menschen, die heute gekommen sind.'"

„Das klingt für mich nach dem typischen Gejammer der Union! 'Wäh! Wäh! Nicht wir sind die bösen Rechten, sondern die da drüben! Schlagt uns nicht! Schlagt die da! Wäh! Wäh!'", unterbrach der Bauer den Autor.

„Nun, wenig überraschend hatte der Unionspolitiker auch einen Vorschlag: Als Alternative rief er SPD, Grüne und FDP dazu auf, eine gemeinsame Kundgebung unter Ausschluß linksradikaler Kräfte zu organisieren. Und während zu Zeiten der Anti-Corona-Maßnahmen-Proteste Regierungspolitiker stets mit erhobenem Zeigefinger gemahnt hatten, jeder müsse sehr genau darauf achten, mit wem er da gemeinsam demonstriere, scheinen solche Warnungen derzeit nicht opportun zu sein. Wohin das führen kann, bekam die niedersächsische Grünen-Landtagsabgeordnete Marie Kollenrott zu spüren. Die hatte in den sozialen Medien ein Foto gepostet, das sie an der Spitze einer Demonstration am vorvergangenen Sonntag in Göttingen zeigt, zu der das örtliche 'Bündnis gegen Rechts' aufgerufen hatte. Hinter der fröhlich lächelnden Kollenrott sind Demonstranten aus der linksradikalen Szene mit einem Transparent zu erkennen, auf dem in englischer Sprache zum Kampf gegen den 'rassistischen Staat, seine Polizei und die weiße Vorherrschaft' aufgerufen wird."

„Na ja, eigentlich hat sie damit nicht ganz unrecht. Von mir aus können sie gerne alle weißen Polizisten entlassen. Und auch alle nicht-weißen Polizisten. Die Polizei setzt doch sowieso bloß das um was die Politiker befehlen; wozu sind sie denn gut? Machen Jagd auf Oppositionelle und tun brav was die roten Blockparteien fordern. Wenn jetzt die Roten die Polizei abschaffen; na und? Sollen sie doch", meinte Murat und zuckte mit den Achseln.

„Ich denke mal, das würde der Landesvorsitzende der Deutschen Polizeigewerkschaft, Patrick Seegers, anders sehen, wenn er dich hören könnte. Aber das tut er ja nicht; jedoch vernahm er die Ereignisse rund um Kollenrott. Also warf er Kollenrott vor, sie verunglimpfe damit die Polizisten, während zugleich die Beamten solche Demonstrationen schützten. Die Grüne ruderte zurück, löschte die Fotos und erklärte, sie mache sich die Parole auf dem Plakat 'selbstverständlich' nicht zu eigen. 'Als gewähltes Mitglied einer regierungstragenden Fraktion ist es mir ein Anliegen, den demokratischen Staat und seine Strukturen, zu denen auch die Polizei gehört, zu stärken und resilient aufzustellen. Insbesondere vor dem Hintergrund der Bedrohung durch einen erstarkenden Rechtsextremismus und seine antidemokratischen Bestrebungen', teilte sie in einer schriftlichen Erklärung mit. Auch in Nordrhein-Westfalen hatten sich Unionspolitiker bei aller Sympathie für das Anliegen der Demonstranten an zu vielen roten Parteifahnen und manchem Motto gestört. 'Es gibt Mitte-links und Mitterechts. Eine 'Demo gegen Rechts' ist zu einfach', zitierte die FAZ die Vorsitzende des CDU-Stadtverbands in Soest. Der Zeitung zufolge hat sogar 'Campact'-Geschäftsführer Christoph Bautz Verständnis für solche Bedenken. Die Wendung 'gegen Rechts' sei allerdings in der Protestbewegung etabliert. Das sei aber angeblich 'nie gegen CDU und CSU gerichtet', betonte Bautz gegenüber der FAZ. In Sachsen, wo am 15. September der Landtag neu gewählt wird und die AfD Umfragen zufolge stärkste Kraft werden könnte, haben manche in der Union keine Bedenken, gemeinsam mit der Linkspartei zu demonstrieren. 'Es ist gut, dass wir zusammen hier stehen', sagte die Linken-Bundestagsabgeordnete Caren Lay bei einer entsprechenden Kundgebung in Bautzen mit Blick auf die Teilnahme des sächsischen Innenministers Armin Schuster. Der Christdemokrat unterstrich in seiner Rede den 'demokratischen Grundkonsens'. Ganz ehrlich: Schade das er nicht 'antifaschistischer Grundkonsens' gesagt hatte; dann würden noch mehr Leute die ganze Show durchschauen. Man schwadroniere ihm zufolge 'nicht von Umvolkung und Bevölkerungsaustausch', wenn Sachsen nur sieben Prozent Ausländeranteil habe, so Schuster."

„Hat er mal einen Blick nach Berlin geworfen? Oder nach Hamburg? Oder ins Ruhegebiet?", fragte Murat.

„Natürlich nicht. Dort ist es Leuten wie ihm bestimmt zu 'bunt'. Aber hey; was erwartet Ihr von der Union? Auch im Westen suchte die Union den Schulterschluß. In Aachen unterstützten sowohl die CDU als auch die Linkspartei offiziell die überparteiliche Demonstration 'Wir sind Aachen, Nazis sind es nich'". Schleswig-Holsteins Ministerpräsident Daniel Günther trat dort als Redner auf und verwies auf das Scheitern der AfD bei der dortigen

Landtagswahl 2022. 'Wir sind eine extremistenfreie Zone', lobte er sein schwarz-grün regiertes Bundesland. Zu den Unterzeichnern des Protestaufrufs in Aachen zählt auch die örtliche Ditib-Gemeinde. Vergangenen Januar sorgte sie für eine Kontroverse, als Mustafa Açıkgöz in der Moschee zu Gast war, ein Politiker aus der Partei des türkischen Präsidenten Recep Tayyip Erdoğan. Zuvor hatte Açıkgöz in einer Moschee der Grauen Wölfe in Neuss versprochen, die Anhänger der kurdischen PKK-Miliz und der mit Erdoğan verfeindeten Gülen-Bewegung auch aus Deutschland zu vertreiben: 'Mit Allahs Erlaubnis werden wir sie überall auf der Welt aus den Löchern, in die sie sich verkrochen haben, herausziehen und vernichten. Darauf könnt ihr euch verlassen.' Mit mehr als 18.000 Mitgliedern gelten die Grauen Wölfe übrigens als die größte rechtsextreme Organisation in Deutschland. Aber gegen diese Leute gehen Linke natürlich nicht auf die Straße; es könnte ja schlagkräftige Folgen für sie haben", stellte der Autor fest.

„Dafür stempeln sie in einem Staat, in dem jeder sich ihnen zufolge sein Geschlecht selbst aussuchen kann, Andersdenkende als 'Nazis' ab", entgegnete Bauer Bert.

„Und natürlich kommen auch Parolen gegen die Bauern auf", meinte der Autor.

„War ja klar. Bauern gehen ja hart und ehrlich arbeiten; etwas was Rote hassen. Also sind Bauern für sie auch 'Nazis'", murrte Murat.

„Im Übrigen zeigt sich auch, dass der Hass auf die Bauern praktisch von ganz oben verordnet ist. Der Internationale Währungsfonds warnt die BRD-Regierung davor, den Bauern-Protesten nachzugeben. Die IWF-Chefin, Kristalina Georgieva, hat die Ampel und andere europäische Regierungen aufgefordert, den protestierenden Bauern nicht entgegenzukommen. Der weltweit agierende IWF mischt sich damit in die seit Wochen anhaltenden Demonstrationen von Landwirten vor allem in Deutschland und Frankreich ein. Die Bulgarin sagte, sie habe mit vielen Vertretern von Finanzministerien gesprochen. Diese würden anerkennen, wie wichtig eine Haushaltskonsolidierung sei. 'Sie erkennen aber auch, wie schwierig es ist, Unterstützung zu entziehen.' Weiter sagte die IWF-Chefin dazu: 'Es ist leicht zu geben. Es ist schwierig, es wieder zurückzunehmen.' Sie fürchte zudem, dass die Protestwellen, die 'Regierungen in eine Ecke drängt, in der sie nicht mehr das Notwendige zur Stärkung der Volkswirtschaften unternehmen können'. Dann werde der 'Zeitpunkt kommen, an dem sie es bereuen'. Georgieva äußerte 'auf menschlicher Ebene' Verständnis für die Schwierigkeiten der Landwirte: 'Es ist nicht einfach, ihren Job zu machen', sagte sie auf einer Pressekonferenz. Nur um dann kackdreist zu behaupten, dies dürfe aber nicht dazu führen, ihren Forderungen nachzugeben. Das in den vergangenen Wochen vor allem in Deutschland und Frankreich zehntausende Landwirte auf die Straße gegangen sind hat also auch der IWF in seinem Elfenbeinturm mitbekommen. Bei uns in der Bundesrepublik entzündete sich der Protest an den von der Ampel-Regierung verkündeten Erhöhungen der Steuern auf Agrardiesel und landwirtschaftliche Fahrzeuge."

„Immerhin: Letztere nahm die Bundesregierung inzwischen vorläufig wieder zurück. Die Steuern auf Agrardiesel steigen nun nicht, wie zunächst geplant, mit einem Mal, sondern schrittweise bis 2026. Wir werden also nicht sofort zu Grunde gerichtet, sondern erst in zwei

Jahren. Wie überaus 'großzügig' von den Machthabern", brummte Bauer Bert.

„Sehen Sie es positiv. Immerhin wehren sich immer mehr Menschen dagegen. Französische Landwirte hatten knallhart die Straßen zur Hauptstadt blockiert und können sich über die Sympathien der Bevölkerung freuen. Alle acht Autobahnen, die zur Hauptstadt führten, waren unterbrochen, teilte die Agrargesellschaft FNSEA nach Berichten der Welt mit. Die Polizei versuchte, die Sperrungen mit gepanzerten Fahrzeugen und Hubschraubern zu verringern. Auch in anderen Teilen des Landes blockierten und blockieren wohl noch immer viele mutige Bauern Autobahnen und Zugangsfahrten zu Supermärkten. In der südfranzösischen Stadt Toulouse versperrten Protest-Teilnehmer die Zufahrt zu einem Flughafen und zündeten dabei Autoreifen und Strohballen an. Bislang kam es dabei allerdings zu keinen gewalttätigen Ausschreitungen. An der Grenze zu Spanien kam es im Zusammenhang mit den Protesten vergangene Woche zu einem tödlichen Autounfall."

„Wie schrecklich", meinte Phoebe traurig.

„Ja. Jeder Tote ist einer zu viel. Aber die Proteste gehen weiter, weil es um das Überleben etlicher Bauernhöfe geht. Aus dem Ort Agen im Süden des Landes wollte sogar ein Traktorkonvoi innerhalb weniger Tage den Großmarkt Rungis bei Paris erreichen und anschließend blockieren. Die Polizei sicherte ihn daher mit eigenen Fahrzeugen und einer Einlaßkontrolle. Die Proteste erhalten in der Bevölkerung verständlicherweise eine sehr hohe Zustimmung. Nach einer Umfrage der Tageszeitung Le Figaro empfinden bis zu 97 Prozent aller Franzosen Sympathien für die Landwirte. Insgesamt 78 Prozent der

Bevölkerung glauben, daß die Agrarpolitik der EU negative Folgen für die französischen Landwirte hat", wusste der Autor zu berichten.

„Womit sie auch recht haben", kommentierte der Bauer.

„Ja, der Bauernprotest in Frankreich hat sich zum Aufstand ausgeweitet", freute sich Murat.

„So ist es. Die Regierung mobilisierte dagegen sogar gepanzerte Fahrzeuge, Hubschrauber und ein Großaufgebot von 15.000 Polizisten. Und das alles gegen die völlig zu Recht wütenden Landbewohner. Dort hat der Bauernprotest aber auch einen eindeutig deutlich radikaleren Einschlag als die Demonstrationen der Landwirte hier bei uns in Deutschland. Die Verärgerung wächst sich immer mehr zum drohenden Aufstand aus. Die Regierung ist alarmiert und brachte 15.000 Polizisten sowie gepanzerte Fahrzeuge und Hubschrauber gegen die Bauern in Stellung. Das hat der französische Innenminister Gérald Darmanin zumindest mal erklärt. Das neu gebildete Macron-Kabinett wollte mit dem Großaufgebot eine 'Belagerung' von Paris vereiteln."

„Was ihnen natürlich misslungen ist", fiel Bert ein.

„So ist es. Für die Machthaber war klar: Die Hauptstadt sowie die beiden Pariser Flughäfen und der Großmarkt Rungis sollten unbedingt erreichbar bleiben. Bilder der Pariser Polizeipräfektur zeigten mir und vielen anderen Internetnutzern, wie gepanzerte Fahrzeuge an zahlreichen Orten Stellung bezogen. Die seit Tagen demonstrierenden französischen Landwirte wollten aus Protest den Verkehr auf allen Zufahrtsstraßen in die Metropole unterbrechen. Außerdem haben sie angekündigt, den gigantischen Großmarkt Rungis zu blockieren, was ihnen vielerorts auch gelang. An vielen Stellen war dann auch die

Versorgung der Supermärkte mit Lebensmitteln gestoppt. Bisher haben die Landwirte in Südfrankreich bereits Mist in McDonalds-Filalen gekippt, EU-Flaggen angezündet und Straßen blockiert."

„Brennende EU-Flaggen? Nice", kommentierte Murat.

„Tja und dann machten sie sich auf den Weg nach Paris. Innenminister Darmanin kündigte an, mit dem martialischen Aufgebot auch öffentliche Gebäude und ausländische Lkw zu schützen. Letzteren will er angeblich eine sichere Fahrt durch Frankreich garantieren. Wenn ihr mich fragt, wollte und will er noch immer vor allem die eigene Macht und die Macht seines Präsidenten sichern. Aber man muss auch sagen; zuletzt hatten Bauern vereinzelt Lastzüge aus Spanien und Portugal gestoppt und geplündert. Die Bauern protestieren auch in Frankreich seit Tagen mit Straßen- und Autobahnsperren gegen zu viel Bürokratie, sinkende Einnahmen und die Umweltauflagen der EU. Als die Regierung Pläne bekanntgab, wie in Deutschland die Steuern auf Agrardiesel drastisch anzuheben, eskalierte die Empörung. Daraufhin kündigten die Landwirte die 'Belagerung' der Hauptstadt an", berichtete der Autor das was er so aus Frankreich gehört hatte.

„Wir müssten auch in Deutschland etwas harscher vorgehen. Aber immerhin; auch in Deutschland tut sich vieles. Nach den großen Bauernprotesten flacht die Stimmung gegen die Bundesregierung nicht ab. Erst heute Morgen las ich im Netz, wie am Brandenburger Tor 'ein bunt zusammengewürfelter Haufen' den Rücktritt der Ampel forderte. Dort versammelten sich vielleicht lediglich ungefähr 36 Männern und Frauen für eine Mahnwache, aber immerhin. Seit Tagen und Nächten kampieren die Menschen auf einem Grünstreifen am Rande der Straße des 17. Juni. Eine Mischung aus Bauern, Handwerkern, Rettungssanitätern, Verwaltungsangestellten und Altenpflegern. Mutige, tapfere Bürger, welche die Ampel satt haben."

„Und das zu Recht! Ich meine, was ist das für eine Demokratie, in der es Ermittlungen gegen einen Feuerwehrmann gibt, nur weil er den Bauern zujubelte?", fragte Murat.

„Genau! Als eine Kolonne Traktoren an einer Feuerwache vorbeifährt, lassen Berliner Beamte solidarisch die Sirenen ihrer Fahrzeuge aufheulen. Und einer jubelt ihnen begeistert zu. Das eine solche Meinungsäußerung Folgen hat ist eine Sauerei! Aber die Leitung der Berliner Feuerwehr hat nun einmal angekündigt, beamtenrechtliche Prüfungen gegen einen Feuerwehrmann einzuleiten. Dieser hatte einem Trecker-Konvoi zugejubelt, als die Bauern auf ihrem Weg zur Protestkundgebung am Brandenburger Tor am Sonntagabend an der Wache in Berlin-Wittenau vorbeifuhren. Der Mann war vor die Wache getreten, hatte zunächst mit den Händen über dem Kopf geklatscht und dann mehrfach die La Ola gemacht; das ist meines Wissens eine jubelnde Wellenbewegung, wie man sie aus Fußballstadien kennt. Gleichzeitig liefen die Sirenen der Feuerwehrautos, die in der Halle standen. Ein Video davon, das offenbar ein ebenso begeisterter Kollege aufnahm, ist auf YouTube zu sehen. Es wurde inzwischen mehr als 7.000 Mal angeschaut. Diese Sympathiebekundung hat nun Folgen. Ein Sprecher der Berliner Feuerwehr-Leitung teilte mit: 'Die zuständige Fachabteilung prüft den Sachverhalt nun, um zu klären, inwieweit hier ein Verstoß gegen beamtenrechtliche

Regelungen vorliegt.' Grundsätzlich seien Beamte während des Dienstes zur Neutralität verpflichtet, erklärte der Sprecher. Von den 5.790 Mitarbeitern der Berliner Feuerwehr seien rund 5.200 verbeamtet."

„Da frage ich mich, wie neutral die Führung der Berliner Feuerwehr eigentlich ist? Man kann ja auch mal nach Neutralität fragen, wenn irgendwo eine solche Truppe sich mal wieder 'gegen rechts' ausspricht", schlug Julius vor.

„Und wo war eigentlich diese Neutralität, als Scholz mal wieder zu den Demos 'gegen rechts' aufgerufen hat? Oder wo ist sie wenn Scholz selbst zu einer Demo gehen will?", fragte Bert.

„Oder wenn er erst hingehen will und dann doch nicht kommt, so wie neulich in Cottbus. Ja, dort brodelt es. Besonders wenn Bundeskanzler Olaf Scholz zu Besuch kommt. Aber hey, davon bekommt man kaum etwas mit; schließlich versteckt er sich hinter weiterläufiger Absperrungen. Kein Wunder, denn als er kam, kamen auch die Trecker. Sie riegelten die Stadt ab und tausende Bauern demonstrierten. Sie planten, ihn zur Rede zu stellen. Die Presse machte daraus, es sei bei einem Besuch von Bundeskanzler Olaf Scholz in Cottbus zu einem Eklat gekommen. Hunderte demonstrierende Bauern forderten ihn auf, zurückzutreten. Der Kanzler nahm dort an der Eröffnung eines neuen ICE-Werkes teil. Um eine direkte Konfrontation zu vermeiden, sperrte die Polizei das Werk weitläufig ab."

„Ach ja, davon habe ich auch gehört", warf Murat ein.

„Und der Vorfall zeigt, wie volksfern Leute wie Scholz sind. Die Landwirte kündigten an, Scholz ansprechen zu wollen, wenn er die Fabrik verläßt. Hinter der weitläufigen Absperrung versammelten sich die Trecker und

Demonstranten. Derweil fuhr ein Autokorso durch die Stadt. Nachdem ein Redner der Kundgebung angekündigt hatte, dass Scholz nicht mit ihnen sprechen werde, wurde er ausgebuht. Allerdings spreche der SPD-Politiker mit einem Vertreter der Landwirte, der danach dazustoßen würde. 'Der Kanzler soll selbst kommen!', forderten die Demonstranten. Mir ist dabei schon klar, warum Scholz nicht wollte, denn die brandenburgische Stadt ist ein Zentrum der Bauernproteste. Die Trecker der Landwirte hatten die Stadt mehrfach beinahe vollständig abgeriegelt. Gleichzeitig brachte die AfD tausende Anhänger auf den Marktplatz, um gegen die Bundesregierung zu demonstrieren. Und dann nahmen auch noch mehrere Tausend von ihnen an einer Kundgebung auf dem Altmarkt unter dem Motto 'Genug ist genug – Die Ampel muss weg' teil. Auf dem Platz waren Deutschland-Fahnen und zahlreiche Transparente zu sehen. Für mich, der ich das Ganze nur über's Netz verfolgte, ein schöner Anblick. Die Demonstranten wollten damit die Forderungen der Bauern unterstützen und verlangten in Sprechchören lautstark Neuwahlen", berichtete der Autor.

„Neuwahlen wären eine gute Idee", meinte Bert.

„Aber was sollen sie ändern? Selbst wenn neu gewählt würde, täte die Union dann mit SPD und Grünen koalieren und wir hätten zwei Drittel der Ampel sofort wieder an der Macht", wandte Julius ein.

„Auch wieder wahr", stimmte Murat zu.

„Ach, könnten wir vielleicht noch etwas Tee haben?", fragte Phoebe.

Bauer Bert stand auf und holte neuen Tee.

*

Nachdem er nachgeschenkt und kurz nach seiner Frau im Laden geschaut hatte, setzte die Gruppe ihre Unterhaltung fort. „Erinnert Ihr euch noch an die Sache mit Habeck und der Fähre. Im Landtag von ich glaube Schleswig-Holstein macht die weisungsgebundene Staatsanwaltschaft bei den Bauern von Schlüttsiel fünf verschiedene Straftatbestände aus. Und die CDU-Innenministerin sieht auch friedlichen Protest gegen Habeck als Grenzüberschreitung. Die Leitende Oberstaatsanwältin Stephanie Gropp hat den Bauern, die die Fähre mit Wirtschaftsminister Robert Habeck blockierten, mehrere 'Straftatbestände' vorgeworfen", begann der Bauer zu berichten.

„Ah. Also sind sich Politiker und Justiz mal wieder ganz zufällig praktischerweise einig", stellte Julius fest.

„Richtig. Wobei man natürlich nie wissen kann, was da am Ende herauskommt. Aber die der Justizministerin Kerstin von der Decken unterstellte Spitzenbeamtin Gropp sagte im Schleswig-Holsteiner Landtag, dass es dazu gekommen sei, sei 'vollkommen unbestritten'. Den Vorfall bezeichnete sie im Innen- und Rechtsausschuß als 'erschreckend'."

„Genau! Es ist schon erschreckend, wenn Bürger mit Politikern reden und Antworten auf ihre Fragen haben wollen! Was kommt als nächstes: Redefreiheit etwa? Wie böse", scherzte Julius.

„Den Medien zufolge haben die inzwischen mehrere Demonstranten identifizieren können. Nun werde man strafbare Handlungen den einzelnen Personen zuordnen. Außerdem seien fünf Strafanzeigen gegen die Landwirte eingegangen. Mit Traktoren hatten diese damals spontan auf den mit einer Fähre von Hallig Hooge nach Schlüttsiel zurückkehrenden Habeck gewartet, ein Gespräch mit ihm gefordert und die Ausfahrt des Anlegers blockiert. Als das Schiff mit dem Grünen-Minister wieder ablegte, versuchten einige Demonstranten, auf den Steg zu gelangen. Allerdings sei, so Gropp, noch nicht gesichert, ob die Landwirte nach Ablegen der Fähre versucht hätten, eine Polizeikette zu durchbrechen. Es könne auch Druck aus den hinteren Reihen der Auslöser gewesen sein. Nach Ablegen der Fähre hatten die Demonstranten ein Feuerwerk abgebrannt. Es sei aber keine Rakete in Richtung der Fähre abgefeuert worden. Gropp zufolge hat ihre Behörde bereits in der vergangenen Woche ein Ermittlungsverfahren wegen des Verdachts der Nötigung eingeleitet. Die Ankläger prüften nun, ob weitere Straftaten wie Widerstand gegen Vollstreckungsbeamte und Landfriedensbruch vorliegen. Auch Beleidigung käme in Betracht. 'Der Bedrohungstatbestand könnte erfüllt sein', sagte der ebenfalls in den Landtag geladene Oberstaatsanwalt Bernd Winterfeldt."

„Also Landfriedensbruch ist übel. Dafür könnten die echt Probleme kriegen. Natürlich ist der Vorwurf ungerechtfertigt, aber als ob das von Belang ist; Recht hat wer Macht hat. Dabei wollten die Landwirte nur mit Habeck reden. Unfassbar!", beschwerte sich Murat.
„Eben das ist der Fehler! Warum versuchen die mit Leuten wie Habeck zu reden? Du gehst doch auch nicht als Fisch zu einem Eisbären und sagst: 'Hallo Eisbär. Hier bin ich. Bitte friss mich nicht.'", verglich Murat.
„Nun, immerhin räumte die leitende Oberstaatsanwältin vor den Abgeordneten auch ein, dass noch kein 'sauber ermittelter Sachverhalt' vorliege. Man habe noch keine

Zeugen vernommen und auch die vorliegenden Videos noch nicht ausgewertet. Nach der Juristin sagte Schleswig-Holsteins Innenministerin Sabine Sütterlin-Waack, die Aktion sei nicht zu rechtfertigen. 'Solche Handlungen werden wir nicht akzeptieren' Zwar habe sich der größte Teil der Landwirte friedlich verhalten. Aber auch diese Teilnehmer hätten eine Grenze überschritten, denn Habeck sei privat unterwegs gewesen. Bei der Aktion in Schlüttsiel hatte es weder Verletzte noch Festnahmen gegeben."

„So so. Die Aktion war also nicht zu rechtfertigen? Aber unsere Landwirtschaft ruhinieren; das ist erlaubt, weil 'Klimawandel' und so weiter! Man muss sich das mal geben; allein wie die von oben herab über uns reden! Sind wir etwa keine Demokratie?! Müssten das nicht unsere Angestellten sein?!", polterte der Landwirt.

„Theoretisch schon, aber praktisch haben wir ja vorhin über das IWF gesprochen. Nein, die Politiker sind nicht unsere Angestellten. Schau dir an wessen Interessen sie vertreten und zu wessen Gunsten sie handeln", meinte der Autor.

„Gut nur, dass sich die deutschen Bauern so schnell nicht geschlagen geben wollen. Große Sorge bereitet ihre Wut Agrarminister Özdemir. Er sieht gesellschaftlich zerrüttete 'Zustände wie in den USA' am Horizont, woran er und seine Partei jedoch alles andere als unschuldig sein dürften. Angeblich hat er das Gefühl vieler Bauern, von der Politik abgehängt zu sein, als 'gefährlichen Spaltpilz' für die Gesellschaft bezeichnet. 'Man redet nicht mehr miteinander, man glaubt einander nicht mehr und man unterstellt sich gegenseitig alles Böse dieser Welt', gab er gegenüber der Funke-Mediengruppe zu bedenken. Viele

Landwirte hätten das Gefühl, 'in einer zunehmend von Städtern dominierten Politik unter die Räder zu kommen'. Diese Ansicht berge das Potential, den gesellschaftlichen Zusammenhalt infrage zu stellen. Entsprechende Zustände kenne man aus den USA", fiel dem Bauern ein.

„Und was sagt er, wer daran Schuld ist?", fragte Phoehe und trank einen Schluck Tee.

„Ich denke mal, die Antwort ist wenig überraschend. Natürlich nicht die Grünen selbst. Laut Özdemir ist die CDU schuld und die AfD führt Böses im Schilde. Für ihn gelte es nun, Deutschland 'in der Mitte zusammenzuhalten', betonte Özdemir. Bei einem Bürgerdialog nahe Heilbronn hatte er laut dem Spiegel zuvor eine angeblich jahrelange falsche Landwirtschaftspolitik zur Wurzel der Bauernproteste erklärt. Verantwortlich sei somit die CDU. 'Ich war nicht derjenige, der gesagt hat: niedrige Preise und Massenproduktion für den Weltmarkt', behauptete er. Seinen Auftritt in Baden-Württemberg quittierten offenbar mehrere Demonstranten mit Buhrufen. Auch gegen die AfD teilte der Grüne aus, die die aktuellen Aktionen unterstützt. Sie führe 'alles im Schilde, nur nicht die Interessen der Bauern'. Gehe es nach ihnen, erhielte die Landwirtschaft angeblich gar keine Subventionen mehr, unterstellte er. Dabei verschwieg er, dass ginge es nach der AfD auch das Brüssler Bürokratiemonster weg wäre und die Bauern dadurch massiv entlastet wären. Aber Leute wie er fassen sich ja nie an die eigene Nase. Schon zuvor hatte er vor vermeintlichen Versuchen von Rechten gewarnt, die Demonstrationen zu unterwandern. Landwirtschaft sei aber 'bunt und nicht braun'. Ach, bekäme ich nur jedes Mal einen Euro, wenn ein Grüner

Humbug erzählt. Immerhin; so mancher durchaut die Grünen. So sprach Bauernpräsident Joachim Ruckwied spricht von einem 'faulem Kompromiß', als die Grünen mit ihren angeblichen Erleichterungen für uns kamen. Zwar hat die Bundesregierung bereits Teile ihrer Pläne zurückgenommen, doch das reicht vielen Landwirten nicht. Ruckwied fand für diesen Schritt gegenüber dem ZDF klare Worte und bemerkte offenbar auch, dass er nur eine zusätzliche Belastung für uns Bauern bedeutet. Es gehe bei ihren Protesten um 'Wettbewerbsgleichheit und Fairness in der EU', verteidigte uns Ruckwied. Die Bauern behielten sich in jedem Fall 'weitere Schritte' vor. Ihre Aktionen endeten dann, wenn die Ampel-Parteien tatsächlich auf sie zugingen, kündigte er mutig an", erinnerte sich der Landwirt.

„So muss das sein", lobte Murat.

„Und es wurde und wird noch immer weiter gekämpft. So haben am 02. Februar ungefähr 200 Landwirte mit etwa 170 Traktoren in der ehemaligen Bundeshauptstadt Bonn gegen die Machenschaften der Ampel-Regierung protestiert. Im Gespräch mit dem WDR und Phoenix warben sie um mehr Verständnis für ihre Sorgen und brachten diese unter dem Motto '5 vor 12' vor. An diesem Tag waren meine tapferen Bauernbrüder am Nachmittag in Hennef gestartet. Sie waren im Landesstudio Bonn zu einem Gespräch mit Studioleitung und Redaktion vom WDR und Phoenix verabredet. Die Kritik an der Ampel-Regierung formulierten die Landwirte auf großen Schildern, welche sie an ihren Fahrzeugen befestigten. 'Ist der letzte Bauer ruiniert, wird dein Essen importiert', hieß es gut gereimt auf einer Treckerschaufel. Im Gespräch mit den öffentlich-rechtlichen Mainstreammedien sprachen die

Bauern dann auch einige der Punkte an, die uns in der politischen Situation besonders wichtig sind. Dazu zählt die völlig ungerechte und uneinheitliche Regelung zum Thema Agrardiesel. Die Politik müsse einheitliche Rahmenbedingungen für alle Landwirte in Europa schaffen; nicht nur beim Thema Diesel. Das heißt auch, sie muss aufhören uns diese hohen Kosten aufzudrücken. Neben den Landwirten auf ihren Traktoren gab es auch einzelne Demonstrierende mit Plakaten, die den öffentlich-rechtlichen Rundfunk kritisierten. Sie haben also auch dort gemerkt, dass die Berichterstattung alles andere als ausgewogen ist", fiel dem Bauern ein.

„Ja, deswegen gab es neulich auch Demos direkt vor dem WDR", erinnerte sich Phoebe.

„Zu Recht", stimmte Murat zu.

„Dort merkt man wohl, dass ihnen langsam die Fälle davonschwimmen. Stellt euch mal vor in Thüringen oder Sachsen kommt die AfD echt an die Regierung? Dann ist es vorbei mit der GEZ dort", überlegte der Autor.

„Dann kriegen die Hofberichterstatter wesentlich weniger Geld", grinste Murat.

„Mehr noch. Ihr ganzes Kartenhaus könnte zusammenberechen", meinte der Autor.

„Tja, wünschenswert wäre es. Aber auch so wenden sich immer mehr Menschen von den pseudoheiligen Kühen der Machthaber ab", fiel dem Landwirt ein.

„Ach echt? Wovon neben den GEZ-Medien denn noch?", fragte Phoebe.

„Na zum Beispiel von dem Klimawahn. Besonders jetzt im kalten Winter. Aber offenbar auch unabhängig vom Wetter. Sagen wir mal so: Eine Studie einer einschlägigen Vereinigung offenbart die zunehmende Abkehr der jungen

Generation von der Klima-Ersatzreligion. Für das US-amerikanische Center for Countering Digital Hate, was auf deutsch in etwa so viel bedeutet wie 'Zentrum zur Bekämpfung von digitalem Hass', kurz CCDH, ist es allerdings 'alarmierend', dass die junge Generation Warnungen vor einer Klimakatastrophe immer skeptischer gegenüberstehen. Das lesen die Studienautoren aus den Zugriffszahlen von mehr als 12.000 Videos auf 96 Youtube-Kanälen heraus. Dort klicken viele gerade junge Menschen immer mehr kritische Beiträge an, statt der alarmistischen Untergangsvideos. Die links gerichtete Organisation fordert daher Maßnahmen gegen diese neue 'Klimaleugnung', und zwar Inhalte, die 'dem wissenschaftlichen Konsens' zum Klimawandel widersprechen, also nicht der Klima-Pseudoreligion folgen, zu zensieren. Zusätzlich wurde eine Umfrage durchgeführt, die ergab, dass fast jeder dritte jugendliche YouTube-Nutzer meint, dass 'Klimapolitik mehr schadet, als nützt' oder 'Klimawandel ein Schwindel sei, um Menschen zu kontrollieren und zu unterdrücken'. Die nächste pseudoheilige Kuh der Globalisten wackelt also auf ihrem Sockel", freute sich der Bauer.

„Kein Wunder. Die Machthaber treiben es ja immer 'bunter'. So hat die Sprachpolizei neulich den Titel von Kunstwerken zensiert", meinte der Autor.

„Wo denn das?", fragte Phoebe.

„In Bayern. Dort sorgt derzeit ein 'woker' Anschlag auf unser Kulturgut und die Freiheit der Kunst für Aufruhe und ruft den gerechten Zorn vieler freiheitsliebender Menschen hervor. Die Titel zweier Gemälde des Künstlers August Macke wurden zensiert, weil darin jeweils das Wort 'Indianer' vorkommt. Seit 1964 hängen im

Münchener Museum Lenbachhaus neben vielen anderen zwei Werke des deutschen Expressionisten August Macke. Eines hat der Künstler 'Reitende Indianer beim Zelt' benannt, das andere 'Indianer auf Pferden'. Genauso wie bis vor Kurzem gängige Begriffe der deutschen Sprache wie 'Zigeuner' oder 'Neger', wurde von der woken Sprachpolizei auch der 'Indianer' aus dem Sprachgebrauch eliminiert, worauf das 'Unwort' nach seiner Entdeckung aus den Titeln verschwinden musste."

„Von wann ist denn das Bild?", fragte Phoebe den Autor.

„Gemalt wurden die Bilder im Jahr 1911. Also lange bevor 'Wokismus' und 'Cancel Culture' von der Universität Berkeley in Kalifornien nach Europa übergeschwappt sind. Das hinderte die Sprachpolizei allerdings nicht daran, über die Gemälde herzufallen und deren Titel zu verstümmeln. Die Bilder heißen jetzt 'Reitende I******** beim Zelt' und 'I******* auf Pferden'. Begründet wird die Verstümmelung damit, dass das Wort Indianer 'die teilweise herabwürdigenden, sogar rassistischen Elemente des damaligen Zeitgeistes widerspiegelt'. Die Indianer, die man vor der Kamera zu solchen Dingen befragen, sehen das freilich anders. Aber wir kennen ja die linke Masche: Man sucht sich eine Gruppe von Leuten, spielt sich als deren Interessenvertreter auf, stellt sich dann als deren angeblicher Interessenvertreter zur Wahl, wird gewählt und kassiert fett Kohle, macht sich dabei wichtig und spuckt Leuten die man nicht mag, also vor allem Weißen, ins Gesicht. Hier fällt Respekt vor Künstlern einem respektlosem Zensur-Gremium zum Opfer. Die Änderung der Namen sei den Medien zufolge nicht auf politische Anweisung erfolgt, sondern auf Initiative des von wem auch immer demokratisch legitimierten 'wissenschaftlichen Teams'. Denn Nachfahren der gemalten Amerikaner könnten sich angeblich beim Betrachten der Werke durch die Titel verletzt fühlen, zitiert die Bild Zeitung Museumsdirektor Matthias Mühling. Aber die Bilder sollen sowieso für andere Werke Platz machen. Wahrscheinlich entsprechen auch die gemalten Indianer nicht mehr dem 'woken' Zeitgeist, weil rassistisch, womit sie im Namen der Cancel Culture aus der Öffentlichkeit verschwinden müssen."

„Macht Sinn. Damit Indianer sich nicht diskriminiert fühlen, werden Bilder von ihnen getilgt. Ich frage mich manchmal ob hinter diesem ganzen Antirassismusgelaber nicht in Wahrheit purer Rassismus steckt?", fragte Phoebe.

„Steckt ja auch purer Rassismus dahinter. Rassismus gegen Weiße", antwortete der Autor.

„Das sowieso. Diese Leute hassen die Weißen", entgegnete Murat betrübt.

„Ja, aber doch nicht nur die Weißen. Ich meine, sie verhindern das Kleinwüchsige Arbeit bei Schneewittchen finden, sie lassen Indianerbilder verschwinden. Irgendwie ist deren Rassismus auch gegen alles andere gerichtet", bemerkte Phoebe.

„So ist es ja auch. Letzten Endes wollen die jede Kultur und Religion auslöschen; die der Weißen steht nur ganz oben auf deren Liste. Deswegen ist es ja auch so wichtig, dass die Bauern sich jetzt wehren. Das sie auf die Straße gehen, gegen eine Politik die uns alle den Kopf kostet. Die Bauern sind hier die Speerspitze! Sie sind diejenigen, die seit Jahrtausenden dafür sorgen, dass wir etwas zu essen haben. Sie machen auch ein bedeutendes Stück unserer Geschichte und Kultur aus", bemerkte der Autor.

„Ein Grund mehr, dass immer mehr erboste Landwirte mit

Blockaden und Protestkundgebungen ihre jeweiligen Regierungen in die Defensive treiben. Sie protestieren aus gutem Grund gegen Steuererhöhungen, die Agrarpolitik der EU und ausufernde Bürokratie. Und ein Ende des Bauernaufstands ist nicht in Sicht. Zu Recht! Wie die Frankfurter Allgemeine Zeitung berichtete, hat die EU-Kommission vor Kurzem bekanntgegeben, dass die 2023 erlassene Ausnahmeregelung für die Flächenstilllegung rückwirkend um ein Jahr verlängert wird. Voraussetzung ist, dass die Bauern auf sieben Prozent ihres Ackerlands stickstoffbindende Pflanzen wie Linsen oder Erbsen anbauen oder Zwischenfrüchte pflanzen, die als Futter für Tier oder Gründünger genutzt werden können. Für Europas Bauern wohl nur ein erster Schritt für notwendige Reformen. Den Startschuss zu den Protesten gaben die Landwirte wir Ihr ja wisst am 08. Januar bei uns in Deutschland. Das Fass zum Überlaufen brachte die Ankündigung der Ampel-Regierung, sie zum Zahlen der Kraftfahrzeugsteuer zu verpflichten und die Steuerbegünstigung beim Agrardiesel zu streichen. Landesweite Protestveranstaltungen und Straßenblockaden waren die Folge. Die überwiegende Mehrheit der Bevölkerung zeigte sich solidarisch. Nachgiebig zeigte sich die Regierung bisher nur bei der Kraftfahrzeugsteuer."

„Na immerhin das", bemerkte Murat.

„In Bayern, Stuttgart und Hamburg finden in diesen Tagen weitere Blockaden statt. Doch mittlerweile geht der Protest weit über die Anliegen der Bauern hinaus. Es ist ein von breiten Schichten getragener Protest gegen eine Politiker-Kaste, die sich über die Interessen der Bevölkerungsmehrheit hinwegsetzt.

Durchsetzungskräftiger waren bisher ihre Berufskollegen in Frankreich. Angesichts des Bauernaufstands sah sich die Regierung gezwungen, ihre Diesel-Besteuerungspläne aufzugeben. Erst vor Kurzem hat Premierminister Gabriel Attal angekündigt, dass die EU den Landwirten auch in diesem Jahr erlauben werde, ihr ganzes Ackerland zu nutzen. Trotzdem hat die Gewerkschaft für morgen, Freitag, zu einem Marsch auf Paris aufgerufen. Dort will man Europas größten Frischmarkt für Lebensmittel blockieren. Für die Regierung wäre damit eine rote Linie überschritten, und es könnte zu Zusammenstößen mit der Polizei kommen. Inzwischen fand auch eine Demonstration vor dem EU-Parlamentsgebäude in Brüssel statt, wo zeitgleich eine EU-Ratssitzung stattfand. Zahlreiche Bauern hatten sich dort eingefunden, um lautstark gegen die überbordenden Vorschriften und Gängelungen zu protestieren. Ihre Traktoren sind am Vorplatz geparkt. Vor dem Parlamentsgebäude haben sie mehrere Feuer entfacht, Böller werden gezündet. Dunkle Rauchschwaden steigen auf. Die in Kampfmontur angetretene Polizei versucht, die Feuerstellen zu löschen. Der Protest hat zumindest in Teilen ein Einlenken der bürokratischen Bonzen bewirkt", stellte Bert fest.

„Eben! Darum darf man jetzt nicht locker lassen. Es muss weiter protestiert werden", meinte Julius und ballte dabei die Faust.

„Gründe gibt es genug. Es kann schließlich nicht sein, dass für die Landwirtschaft nicht nur angeblich kein Geld da ist, sondern gleichzeitig für uns alles teurer wird und jemand wie Selenskyj immer mehr an finanzieller Unterstützung fordern und auch noch bekommen kann. Geld, das in die Ukraine hineingepumpt wird, fließt dort schneller in dunkle Kanäle, als man es überweisen kann. Kaum wurden von den EU-Mitgliedsstaaten 50 Milliarden Euro an Hilfszahlungen beschlossen, verlangt Staatspräsident Wolodymyr Selenskyj schon nach mehr. Und das obwohl 50 Milliarden Euro nicht gerade wenig sind. So viel wird die Europäische Union an einen Staat überweisen, ohne zu wissen, wohin ein Großteil davon am Ende fließen wird. So wurde es ernsthaft in Brüssel beschlossen. Doch die Tinte der Unterschriften unter dem Beschluss war noch nicht trocken, schon meldete sich der ukrainische Staatspräsident aus Kiew. Seiner Ansicht nach reicht der Betrag laut Medienberichten nicht aus.

„Sein Ernst?!", rief Phoebe aus.

„Ja. Sein Ernst. Frech forderte er die Staats- und Regierungschefs der EU auf, gemeinsam einen Fonds zur Unterstützung der Ukraine im Rahmen der Europäischen Friedensfazilität einzurichten. Unter 'Friedensfazilität' versteht die EU mittlerweile die Finanzierung von Waffenkäufen für das osteuropäische Land. Kommissionspräsidentin Ursula von der Leyen sicherte der Ukraine nach dem gestrigen EU-Gipfel bereits umfangreiche weitere Lieferungen an Waffen und Munition zu. Panzer, Hubschrauber und vieles mehr soll er für lau bekommen. Während die USA die Notbremse gezogen haben, sprengt das Ausmaß, mit dem die Steuerzahler in der EU gezwungen werden, den Krieg mit ihrem Geld zu finanzieren, alle Dimensionen. Von der Leyen versprach, eine Unzahl weiterer Waffen an Kiew zu liefern, darunter Panzer, Hubschrauber, Flugabwehrsysteme und Raketen. Neue Verträge würden in Kürze beschlossen. Die vollständige Lieferung von einer Million Artilleriegranaten werde sich allerdings bis

⚔ ⚔ ⚔ ⚔ ⚔ ⚔ ⚔ ⚔ ⚔ ⚔ ⚔ ⚔ ⚔ ⚔ ⚔ ⚔ ⚔

Ende des Jahres verzögern. Bis Anfang des nächsten Monats würden immerhin 500.000 Geschosse ins Kriegsgebiet geliefert, kündigte sie an. Ja, dafür ist Geld da. Um Kriege zu führen! Anstatt das man endlich mal eine große Friedenskonferenz organisiert, um das Morden dort drüben zu beenden. Aber wer verdient schon Geld am Frieden? Die Rüstungslobby jedenfalls nicht", beschwerte sich Bert.

„Dafür regt sich auf allen Ebenen Widerstand. Erst neulich haben die Machthaber ihre Macht nur verteidigen können, indem sie sich wieder von Rotlinks bis Schwarzlinks alle zusammen geschlossen haben. Das war bei der Landratswahl im Saale-Orla-Kreis. Dort konnte der AfD-Kandidat Uwe Thrum sein Ergebnis des ersten Wahlganges zwar steigern, musste sich aber dem CDU-Mann Christian Herrgott knapp geschlagen geben. Einmal mehr konnte sich das Machtkartell nur unter Bündelung aller Kräfte knapp gegen den Kandidaten der Opposition durchsetzen. 52,4 zu 47,6 Prozent lautete das Endergebnis eines spannenden Wahlabends zugunsten des Kandidaten der Kartell-Teilorganisation CDU."

„Und wie hoch war die Wahlbeteiligung?", fragte Phoebe.

„Die Wahlbeteiligung lag bei 68,6 Prozent. Den ersten Wahlgang vor zwei Wochen hatte Uwe Thrum noch mit 45,7 Prozent der Stimmen klar für sich entschieden. Sein Widersacher Christian Herrgott war auf lediglich 33,3 Prozent gekommen. Trotz der beispiellosen bundesweiten Hetzkampagne gegen die AfD konnte Thrum gestern somit noch um 1,9 Prozentpunkte zulegen. AfD-Landeschef Björn Höcke gratulierte Thrum zu seinem großartigen Wahlkampf. Es habe die gegnerischen Kräfte des ganzen Landes gebraucht, um in der Stichwahl das Blatt noch einmal zu wenden. In den Reihen von SPD, Grünen und der Linken brach ob des Ergebnisses Jubelstimmung aus. Verräterisch bezeichnete SPD-Landeschef und noch-Innenminister Georg Maier den Ausgang der Stichwahl als 'ganz wichtiger Erfolg'. Es ist also egal, welcher Vertreter des Kartells gewinnt, weil es ist für sie ein Sieg des Kollektivs. Auch Vertreter der Grünen und der Linken konnten in Kommentaren ihre Freude über das Wahlergebnis nicht verbergen. Wahlsieger Herrgott bezeichnete die Wahlentscheidung als 'einen guten Start für Thüringen in das Wahljahr 2024'. Ein Armutszeugnis: Denn das Ergebnis zeigt vor allem, dass die CDU nur mit Unterstützung von Sozialisten und Kommunisten die AfD knapp schlagen konnte. Daran konnte auch eine Wochenlange Hetz- und Diffamierungskampagne nichts ändern", meinte der Autor.

„Tja, man kann sie nicht zwingen die Wahrheit zu sagen, aber man kann dafür sorgen das ihre Lügen immer offensichtlicher werden. Dort hat sich einmal mehr gezeigt, dass wir hier ein Blockparteienkartell haben", entgegnete Murat.

„So ist es. Ihre Märchen werden immer offensichtlicher", stellte Julius zufrieden fest.

„Dann wollen wir hoffen, dass auch immer mehr Leute die Demos der Regierung durchschauen und zur Opposition kommen", hoffte Bauer Bert.

„Das hoffen wir auch, aber langsam müssen wir wirklich los", sagte Julius mit Blick auf die Uhr.

„Richtig, wir müssen ja noch zurück nach Berlin und die öffentlichen Züge sind alles andere als zuversichtlich", stimmte Murat zu.

Also verabschiedete man sich sehr herzlich von einander,

während die Kinder und Katzen noch immer mit dem Spielzeug spielten.

Auf dem Rückweg nach Berlin meinte Phoebe: „Also ich freue mich schon auf die nächste Bauerndemo. Wir gehen doch wieder hin oder?"

„Aber klar", sagte Murat.

Julius und der Autor nickten ebenfalls zustimmend.

Kapitel 3: Die nächste Demo

Ein paar Tage später war es wieder so weit. Die nächste Demo in Berlin lief an und die Vier gingen selbstverständlich hin. Wieder fand sie bei der Siegessäule sowie den Denkmälern für Bismarck, Moltke und Roon statt. Ein wahrlich erhabener Anblick. Allerdings kamen Julius, Murat, Phoebe und der Autor erst einige Minuten nach Demobeginn an, da die BVG mal wieder Mist gebaut hatte.

Die Bauern hatten bereits angefangen und es wurde das „Bauernlied" von Eloas Mín Barden[2] gesungen:

„Ich glaube es ist nun höchste Zeit das wir einmal jenen danken
Bei denen wir schon seit geraumer Zeit in großer Schuld steh`n.
Jenen welchen Ihren Auftrag noch nicht abdankten
Obgleich kein Zuspruch sie erreicht sie jeden Morgen wieder aufsteh`n.

Sie sind die wahren Diener unserer geschundenen Erde

---

2 Text & Melodie: Eloas Mín Barden (Jens Eloas Lachenmayr)
Alle Rechte im Barden Musikverlag 2004/20
Mit der freundlichen Erlaubnis von Eloas Mín Barden wurde sein schönes Lied hier in diesem Roman veröffentlicht. Das Lied sowie weitere seiner Werke finden Sie auf seiner Webseite:
https://eloasminbarden.de/liedertexte/

Und wenn schon jemand Land besitzen sollte dann nur sie
So mancher noch von ihnen versteht die Sprache unserer
Erde
Und es gäb`wohl in fast jedem Haus keine Nahrung ohne
sie.

Wie konnte das gescheh´n
Das wir das nicht mehr seh`n
Wie kommt es das so viele Bauern
Ihrem Beruf den Rücken dreh`n

Ich glaube es ist nun höchste Zeit das wir mal genau
hinseh`n
Was hinter den Kulissen der Agrarkonzerne für Menschen
steh`n
Ob ihr Interesse dem Gemeinwohl oder nur dem Mammon
dient
Und ob ihr Vorgehen nicht in Wirklichkeit der
schleichenden Versklavungdient.

Sie schleichen sich leise an
Holen Auskünfte ein
Bringen in Erfahrung
Wo noch freies Saatgut ist

Das Ziel sagen sie soll eine neue Marktwirtschaft sein
Doch seit gewarnt es ist nur eine List.

Sie wollen den Markt beherrschen dem Saatgut entreißen
den innersten Kern
Ein keimunfähiges Saatkorn wird für sie die
Monopolstellung sein

Sie schaffen Schritt für Schritt Gesetze das Ziel ist das
Saatgut-Nachbauverbot
Am Ende kauft ein jeder Bauer bei ihnen Saat und
Spritzmittel in seiner Not.

Doppelter Verdienst alles in einer Hand
Totale Kontrolle habt Ihr das noch nicht erkannt.

Ich glaube wenn nicht Bauern und Verbraucher zusammen
Gegen die Giganten in die Schlacht nun zieh'n geh`n
Dann werden wir vor unseren eigenen Augen
Eine Diktatur entstehen seh`n.
Dann wird es kein Zurück mehr geben wenn die Gensaat
erst mal auf denFeldern ist
Die Sortenvielfalt verdrängt und alles in den Klauen der
Konzerne ist.

Dann werden wir uns sehnen nach der Zeit wo die Bauern
noch in Freiheit war`n
Wo die Nachfrage das Angebot bestimmt hat und die
Käufer noch den Wert darin sah`n.
Kein Weltmarkt unsre Lebensmittelpreise drückt und sie
an der Börse spekuliert
Der reale Arbeitswert im Preis sich niederschlägt nicht
durch Steuern subventioniert.
Kein Gengetreide aus Amerika geschmuggelt wird und
weil die Europäer es nicht woll`n
Drücken sie das Zeug den Afrikanern rein und müssen es
nicht mal verzoll`n

Ist uns denn das,- Ist uns denn das egal
Wir haben doch,- Wir haben doch die Wahl

mit jedem Einkauf entscheiden wir- Kopf oder Zahl

Unsere Nahrung unser Land
Könnt ihr das noch spür`n
Wer gegen die Globalisierung ist
Hat doch nicht gleich patriotische Allür`n.
Es ist nur diese eine Erde
In uns`ren Schutz gestellt
Und täglich wird durch jedes einzelnen Menschen
Handeln
Ihr Richtspruch neu gefällt.

Komm`geh`n wir wieder auf die Bauernhöfe
Kaufen echtes öko-Futter ein
Und passt in Zukunft auf denn mit dem Namen Bio
Wäscht die grüne Gentec ihre Weste rein.
Stellt Fragen an die regionalen Bauern
Fordert Gentec –frei, aber lasst sie nicht allein
Dann wird das die friedlichste Revolution aller Zeiten
sein."

Die Bauern jubelten und einige riefen „Noch ein Lied!".
Also wurde ein weiteres Lied gesungen. Diesmal sangen
sie „Das lassen wir nicht mehr zu" von Bernd Gast[3]:

---

3 Mit der freundlichen Erlaubnis von Bernd Gast wurde
sein schönes Lied hier in diesem Roman veröffentlicht.
Das Lied sowie weitere seiner Werke finden Sie auf seiner
Webseite:
https://www.berndgast.com/page15.html
„Das lassen wir nicht mehr zu"-Song zum Bauernprotest
ab Januar 2024

„Ich wurd als Kind eines Bauern geboren,
hab meine Unschuld im Kornfeld verloren.
Leben auf dem Land, das hat mich stark gemacht.

Nun, seit Jahren kann ich überall hören
daß Bauern, Vieh und Landwirtschaft doch eigentlich nur
stören
und der Green Deal sagt, 'n Großteil schaffen wir ab.

Doch jetzt sing ich hier und frage mich als Bauernsohn:
Diesen Plan der EU, mal echt, wer will den denn schon?
Nur grüne Bürokraten, kaum einer klüger als 'ne Kuh.

Flächen werden stillgelegt und Düngeverbot.
Jede Woche neue Regeln, jeden Tag zwei Höfe tot.
Ich sag hey: Das lassen wir nicht mehr zu!

Hey - Hey - Hey — Das lassen wir nicht mehr zu!
Hey - Hey - Hey — Das lassen wir nicht mehr zu!

Trotz Riesen-Trecker und Maschinenpark
Für Bauern ganz normal ist ein 12-Stunden-Arbeitstag.
Doch jetzt sagen wir: Zu viel ist zu viel.

Ja, die Ampel fährt das Land an die Wand -
mit ganz hoher Nase, dafür ohne Verstand.
Immer mehr wird klar: Hier steht viel auf dem Spiel.

Und so singe ich jetzt hier als Bauernsohn:
Es braucht einen Stop der großen Transformation.

Hier bei uns - und auch in der EU.

2 und 2 ist 4, niemals 8 oder 9
nur das muss endlich auch für Politiker so sein.
All die Zahlen-Tricksereien,
die lassen wir nicht mehr zu.

Hey - Hey - Hey - Das lassen wir nicht mehr zu!
Hey - Hey - Hey - Das lassen wir nicht mehr zu!"

Fröhlich jubelten die Bauern. Im Anschluss wurden ein
paar Reden gehalten und mehrere Forderungen an die
Politiker gerichtet.
Die Demo verlief alles in allem sehr friedlich. Trotzdem
wurde sie am Ende einmal mehr von den
Mainstreammedien entweder klein- oder schlecht geredet.

*

Phoebe, Murat, Julius und der Autor gingen nach der
Demo nett essen und besprachen das Gesehene. Sie
freuten sich, dass die Bauern einmal mehr auf ihr Anliegen
aufmerksam machten. „Das Problem ist nur, dass das alles
durch die ganzen pro-Regierungsdemos gegen die AfD
überdeckt wird", meinte Murat.
„Genau das ist ja auch einer der Pläne hinter den Anti-
AfD-Demos; sie sollen die Proteste gegen die Regierung
aus den Schlagzeilen verdrängen und praktisch
übertünschen", entgegnete der Autor.

„Weiß ich doch! Ich benenne lediglich das Problem", sagte Murat.

„Schon klar. Daran ist auch nichts Falsches. Aber das ist halt so ähnlich, wie wenn ich dir eine Bombe um den Bauch kette und du bemerkst: 'Hey, du hast da gerade eine Bombe um meinen Bauch gekettet'. Damit hättest du dann in diesem Szenario natürlich recht, aber damit hättest du ja noch lange nicht gewonnen. Du müsstest erstens trotzdem noch die Bombe loswerden und zweitens auch den Bombenleger ausschalten. Wir haben also das Problem erkannt, aber gelöst ist es damit noch lange nicht", stellte der Autor fest.

„Vielleicht ist es aber bald gelöst", meinte Julius, während er gerade etwas auf seinem Handy nachlas.

„Wie kommst du darauf?", fragte Murat.

„Nun ja, eventuell nimmt es den Demos den Wind etwas aus den Segeln wie viele Fanatiker dort mit laufen. Das müsste halt gerade die AfD im Netz breit treten; z.B. wenn auf einer Demo gegen die AfD auch gegen Israel demonstriert wird. Und zum anderen dürfte es den Demos den Wind aus den Segeln nehmen, dass die 'Enthüller' des ganzen Konferenzskandals rund um die Remigration jetzt selbst in Sachen 'Wanseekonferenz' und 'Deportationen' zurückgerudert sind. Weil nachweislich wurde das auf der Konferenz nicht gesagt, aber alle Medien haben es so von den 'Enthüllern' abgeschrieben. Das haben die nun erstens öffentlich in einer Mainstreammediensendung bestritten und zweitens bei sich selbst rückwirkend gelöscht. Darauf kann man sie festnageln", erklärte Julius.

„Kritische Medien würden sie darauf auch festnageln", meinte der Autor.

„Aber kritische Medien haben wir hierzulande kaum",

fügte Murat hinzu.

„Trotzdem... gerade über die sozialen Medien werden einige Leute davon erfahren. Und spätestens wenn die Lebensmittelpreise wieder mal steigen, wird sich so manch einer umschauen und fragen, wieso er eigentlich für diejenigen protestiert, die ihm das alles einbrocken und warum er sich nicht stattdessen den Bauern anschließt?", schätzte Julius.

„Dein Wort in Gottes Ohr", bemerkte der Künstler.

„Es kann also passieren, dass diese von der Regierung erzeugten Massendemos ganz schnell in sich zusammenberechen?", fragte Phoebe.

„Richtig", antwortete Julius.

„Und in dem Fall werden die Bauern und damit die Proteste gegen die Regierung wieder mehr in den Focus geraten", bemerkte Murat.

„Tja, offenbar haben die Altparteien ihre große Wunderwaffe für das Superwahljahr viel zu früh gezündet. Ich hatte auch immer den Eindruck, diese ganzen 'Enthüllungen' waren eigentlich für die Zeit rund um den Wahlkampf gedacht; aber als dann die Bauern kamen mussten sie die ganze Aktion früher anlaufen lassen", meinte der Autor.

„Dazu würde dann aber auch Wagenknechts neue Partei passen. Als Blendwerk für unzufriedene Wähler, um sie in ihre Richtung abzuziehen", überlegte Julius.

„Wobei ich es ihr selbst durchaus abkaufe, dass sie Opposition machen will, aber hat sie in dieser Richtung auch ihr Parteipersonal durchleuchtet?", fragte der Künstler.

„Nun, auf alle Fälle ist es wichtig, dass die Bauern Durchhaltevermögen und einen langen Atem an den Tag legen. Damit sie ihr für uns alle überlebenswichtiges Anliegen klar und deutlich durchsetzen können. Auch gegen einen Schwall von miesen Tricks von Seiten der Machthaber", erklärte Murat.

„So ist es!", riefen Julius, Phoebe und der Autor gleichzeitig aus.

„Die Bauern müssen weiter machen. Unsere Solidarität und Unterstützung haben sie", fügte der Schriftsteller hinzu, bevor die Kellnerin mit den Getränken kam.

Ende des Romans, aber die Proteste gehen weiter!

Nachbemerkung:

Für dieses Buch erlaubte sich ein guter Kumpel von mir
erstmals mit einem KI-Bildgenerator herum zu probieren.
Da wir niemandes Persönlichkeitsrechte verletzen
möchten erschienen uns Fotos von realen Personen für
diesen kleinen aber feinen Roman unangebracht.
Die KI-Erfahrung will ich Ihnen nicht vorenthalten. Mein
Kumpel die KI mir ein Bild von freundlichen Bauern zu
erstellen, die Deutschlandflaggen schwenken und für ihre
Rechte demonstrieren. Im Hintergrund sollte die
Siegessäule zu sehen sein. Heraus kam ein schwarz-weiß-
Bild (was nicht verkehrt, sondern soga ganz gut ist) in
dem mit viel Phantasie zumindest eine Deutschlandflagge
zu erkennen ist. Offenbar ist bei der KI-Bildforschung
noch viel Luft nach oben. Aber irgendwie finden mein
Kumpel und ich es trotzdem ganz schön. Schade nur das
sich sein Laptop bei der Arbeit mit dem Programm
mehrfach aufhängte. Das sollte eigentlich nicht passieren.
Trotzdem hier nun das Bild:

Nachtrag 2:

Bevor ich zu den Buchtipps komme, erlaube ich mir Ihnen noch einen schönen Artikel zu präsentieren, den ich vor einiger Zeit für die „Deutsche Geschichte" über Alaska schrieb. Hier ist er:

Alaska und Russland

_von Christian Schwochert

Schon als Kind hatte ich das Vergnügen nach Alaska reisen zu dürfen. Leider nicht in der Realität, sondern nur in den Dagobert Duck Geschichten wo er am großen Goldrausch teilnahm. Dort durfte ich ihm dabei zusehen, wie er seine erste Millionen machte. Und noch heute suchen Goldsucher in Alaska ihren „Stein, aus dem die Träume sind". Die DMAX-Serie „Goldrausch in Alaska" läuft seit 2010 und begleitet Goldsucher bei ihren Abenteuern. Im vorletzten Jahrhundert war das freilich noch etwas anders. Damals gab es den Goldrausch vom Yukon und viele Goldsucher kamen auch über Alaska. Alaska gehörte damals schon zu den USA und deren zum britischen Weltreich gehörender Nachbar Kanada war von alldem alles andere als begeistert. Dadurch kam es sogar zu einem vor sich hin köchelnden Konflikt, der fast schon ein kleiner kalter Krieg war. Dieser konnte erst 1903 beigelegt werden, so dass beide Länder die Vorgänge am grenzüberschreitenden Yukon, und besonders die am Klondike, genau beobachteten. Eine Kontrolle der langen

Grenze war praktisch nicht möglich, und den Goldsuchern im Yukongebiet war es weder klar noch von nennenswerter Bedeutung, ob sie sich gerade auf dem Territorium der USA oder Kanadas aufhielten. In den USA und Kanada war man wachsam, aber im Grunde war es alles in allem für beide Länder nicht schlecht, dass es dort einen Goldrausch gab. Und auch kulturell war es für die Literatur eine Bereicherung; siehe die Bücher von Jack London darüber oder die oben erwähnten Entengeschichten von Don Rosa. Nur in Russland war man nicht heiter, sondern kaufte Trauerkleider. Gut, das habe ich jetzt nur geschrieben weil es sich so schön reimt, aber Trauerkleidung dürfte mehr als angemessen gewesen sein. Der russische Zar Alexander II. musste die Kassen nach dem Krimkrieg wieder auffüllen. Zudem machten den Russen einheimische Indianer zu schaffen. Also stimmte der Zar einem Vertrag zu, den sein Botschafter in den USA, Eduard von Stoeckl, am 30. März 1867 mit US-Außenminister William H. Seward in Washington unterzeichnet hatte. Darin hieß es unter anderem:

„Seine Majestät, der Kaiser von Russland, erklärt sich hiermit bereit, alle Gebiete auf dem amerikanischen Kontinent und den angrenzenden Inseln, die sich bislang in seinem Besitz befanden, an die Vereinigten Staaten abzutreten."

Mit diesem Vertrag verkaufte das Zarenreich Alaska für 7,2 Millionen Dollar an die Vereinigten Staaten. Dies entspricht etwa einem heutigen Gegenwert von 130 Millionen Dollar. Aber schon Henry Ford wusste, freilich etwas später, dass man Land kaufen sollte, denn „das

Produkt wird nicht mehr hergestellt". Zwar stimmt das nicht ganz, wie ein Blick nach Asien zeigt, wo sich China, Taiwan und Japan über neu entstandenes Land streiten, aber trotzdem: Rückblickend wäre es schlauer gewesen, wenn die Russen Alaska behalten hätten. Nicht nur wegen des Goldes, sondern auch wegen des Erdöls. 1968 wurden nämlich riesige Erdölfelder an der Polarmeerküste bei Prudhoe Bay entdeckt. Angeblich sollte das 1968 entdeckte Ölfeld ca. 2020 erschöpft sein, aber man entdeckte vor einigen Jahren ein weiteres riesiges Ölfeld. Haben die grünlinken Ökomenschen es nicht langsam satt, dass ihre Vorhersagen immer ins Leere laufen? Eine gute Vorhersage hätte der Zar auch gebrauchen können; dann hätte er nicht auf Alaska verzichtet. Sein Land hätte einen Haufen Gold abbekommen und anstatt das hauptsächlich Amerikaner davon profitiert hätten, wären viele Russen steinreich geworden. Ein so bereichertes Russland wäre womöglich niemals zur Sowjetunion mutiert und wenn doch, hätte diese im kalten Krieg mit Alaska einen gewaltigen Vorteil gehabt. Aber es kam anders. Der erste Europäer, der Alaska sichtete, war möglicherweise der russische Entdecker Semjon Deschnjow. Und zwar im Jahre 1648. Doch erst ab 1745 erkundeten die Russen ihre spätere Kolonie Russisch-Amerika auf der Suche nach Seeottern und deren wertvollen Pelzen. Wegen der großen Entfernungen und des widrigen Klimas waren diese Unternehmungen höchst riskant. 1783 landete Grigori Schelichow mit zwei Schiffen auf der Insel Kodiak. Er gründete die erste permanente Siedlung von Kolonisten in Alaska an der heutigen Three Saints Bay. 1792 wurde die Siedlung an die Stelle der heutigen Stadt Kodiak verlegt, die sich zum Hauptumschlagsplatz für Pelze, auch vom

Festland, entwickelte. Bis 1798 erkundete Alexander Baranow die Küstengebiete südlich von Kodiak und gründete 1799 rund 10 km nördlich des heutigen Sitka eine Niederlassung, um den russischen Alleinanspruch zu verdeutlichen. Er war ab 1790 einer von zwei Gebietsleitern der Schelikow-Golikow-Pelzfirmen in Alaska. Ab 1799 leitete er als Hauptverwalter der in diesem Jahr gegründeten Russisch-Amerikanischen Kompagnie die Gebiete Russisch-Amerikas und der Kurilen. Die drei größten verbliebenen Pelztierunternehmen schlossen sich 1799 unter Mitinitiative des Schwiegersohns von Schelichow, Nikolai Resanow, zur Russisch-Amerikanischen Kompagnie (RAK) zusammen, der Zar Paul I. auf zwanzig Jahre das Monopol des Pelzhandels in Alaska erteilte. Resanow plante, die gesamte Pazifikküste Nordamerikas für Russland in Besitz zu nehmen. 1805 erreichte er die Bucht von San Francisco, doch sein früher Tod im darauffolgenden Jahr und die Vorsicht des russischen Zaren vereitelten diese Pläne. Weniger aus Machtanspruch denn als notwendige Versorgungsbasis errichtete 1812 der Stellvertreter Iwan Kuskow auf Weisung Baranows den Handelsposten Fort Ross in Kalifornien. Er wurde 1841 verkauft. Russisch-Amerika wurde für das Zarenreich damals immer wichtiger. Es war dem Reich zu wichtig, als dass die Kolonie lediglich von einem Pelzhändler wie Baranow geleitet werden konnte. 1818 wurde Baranow abgelöst und die russische Regierung übernahm mit russischen Marineoffizieren die Kontrolle und setzte zunächst Ludwig von Hagemeister als Gouverneur ein. Zu den Gouverneuren der bis 1867 bestehenden Kolonie zählte auch Ferdinand von Wrangel. Aber irgendwann schien sich das Überseegebiet nicht mehr zu lohnen und weil man damals noch nicht viel von Artenschutz verstand, wurden die beliebten Pelztiere, insbesondere der Seeotter, infolge der Bejagung immer seltener. Das und dazu noch die weiten Lieferungs- und Versorgungsstrecken sowie die Kosten des Krimkriegs und die Probleme mit den Indianern führten schließlich zum Verkauf an die USA. Natürlich hätte das Ganze auch anders kommen können. Für Alternativweltautoren besonders interessant: Was wäre gewesen, wenn die Einwohner von Alaska mit dem Verkauf nicht einverstanden gewesen wären und vor Abschluss einfach rebelliert und ihre Unabhängigkeit erklärt hätten? Die Schriftstellerin Mary Janice Davidson hat eine dreiteilige na nennen wir es mal Alternativweltbuchreihe darüber geschrieben, in der Alaska ein eigenständiges Königreich geworden ist. Sehr interessant zu lesen, auch wenn es eher Liebes- als Alternativweltromane sind. Lustig sind sie allemal und es ist immer schön sich vorzustellen „was wäre wenn?".

Damit könnte die russische-alaskaische Geschichte eigentlich zu Ende sein, aber weit gefehlt. Denn ganz so einfach ist es nicht. So hat der von Linksradikalen und weißenfeindlichen „Black Lives Matter"-Fanatikern angefachte Kampf um die Denkmäler inzwischen auch Alaska erfasst. In der Stadt Sitka im Süden Alaskas ist eine Auseinandersetzung um eine Statue entbrannt, die dort zu Ehren Alexander Baranows errichtet wurde. Aktivisten fordern, das Denkmal müsse aus dem Stadtzentrum entfernt werden. Es habe mit ihrer Geschichte nichts zu tun und ehre jemanden, der ihre Achtung nicht verdiene. Freilich zwingt sie niemand den

Mann zu achten, aber sie sollten wenigstens Respekt vor all denen haben, die ihn achten und das Denkmal behalten wollen. Aber das ist wahrscheinlich für diese Denkmalschänder schon zuviel verlangt. Über das Denkmal wird zwar bereits seit einigen Jahren gestritten, doch anlässlich der heftigen Debatten um amerikanische Erinnerungsorte im Zuge der „Black Lives Matter" hat der Konflikt in jüngster Zeit erheblich an Dynamik gewonnen. Doch degen den möglichen Denkmalsturz regt sich in Alaska auch Widerstand. Baranows Handeln müsse aus seiner Zeit heraus verstanden werden und er hat einen wichtigen Beitrag zur Modernisierung der Region geleistet. Vor allem aber sei er als Gründer Sitkas im Jahr 1799 (damals unter dem Namen Nowo-Archangelsk) untrennbar mit der Geschichte der Stadt verbunden. Deshalb verdiene er es, geehrt zu werden, so lauten die Kernargumente der Verteidiger. Zudem bemerkte der Historiker Ethan Pettycrew mit Bezug auf die von Leuten wie Baranow angeblich schlecht behandelten Ureinwohnern: „Die Russen haben uns bei unseren Sprachen geholfen, wir hatten Druckerpressen, Bücher, Schulen. Unsere Leute konnten in Russisch und unseren Sprachen lesen und schreiben. Als der Verantwortliche der Amerikaner nach dem Kauf alles übernahm und unsere Schulen besuchte, sagte er: 'Ab jetzt nur noch Englisch und nur noch englischsprachige Lehrer.' Die Amerikaner waren davon besessen, dass es nur eine Sprache geben sollte. Man wollte den Ureinwohner und den Russen aus uns austreiben."

Es ist derzeit noch nicht sicher, wie dieser Konflikt um das Denkmal ausgehen wird, aber er ist symptomatisch für den von Linken geförderten Riss, der die amerikanische

Gesellschaft spaltet. Zur Zeit wird in Sitka darüber diskutiert, ob die Statue demontiert und an anderer Stelle im öffentlichen Raum wiedererrichtet werden kann oder ob sie in einem Museumsdepot verschwinden soll. Der Bürgermeister der Stadt versichert, er nehme die Bedenken ernst und setze sich für eine Lösung ein, die sowohl die Kritiker als auch die Verteidiger Baranows zufriedenstellen werde. Und die freundliche Familie, die das Monument des Anstosses vor mehr als drei Jahrzehnten gestiftet hatte, ließ gegenüber den Medien verlauten, sie sei mit jeder Entscheidung einverstanden, solange das Kunstwerk an sich nicht zerstört werde. Brisant an der ganzen Sache ist, dass der Denkmalsstreit inzwischen zu einer quasi internationalen Angelegenheit geworden ist. Denn die Fürsprecher Baranows haben Verbündete auf der anderen Seite des Nordpazifiks gewonnen. In Russland sind Medien und Politiker sehr schnell auf den Fall aufmerksam geworden. Im einstigen Land der Zaren wo heute Putin an das alte Zarenreich anschließt, wies zum Beispiel der Historiker Andrei Grinjow, ein Spezialist für die Geschichte Russisch-Amerikas, darauf hin, dass Baranow lediglich zeittypische Herrschaftspraktiken eingesetzt habe. Zudem nahm er ihn mit dem Argument in Schutz, ein Anführer könne nicht für alle Missetaten seiner Untergebenen verantwortlich gemacht werden. Das stimmt und gilt freilich für viele Herrscher in der Weltgeschichte. Andere Kommentatoren erklärten, die Angelegenheit sei ein russisches Thema, denn es handle sich dabei „um unsere Geschichte, um unsere Helden". Für manche russischen Beobachter ist der Denkmalstreit auch zum Anlass geworden, ganz grundsätzlich zu den amerikanischen Konflikten Stellung zu beziehen. Deswegen erklärte der Politologe Jewgeni Satanowski, Amerika sei seines Erachtens zu einem schlechten Vorbild für die gesamte Menschheit geworden. Russland müsse sich den von dort kommenden Einflüssen entziehen und energisch gegen jeden Versuch vorgehen, die russische Gesellschaft nach amerikanischem Vorbild „umzubauen". Da wird ihm wohl so mancher deutscher Patriot zustimmen. Die Aktivisten hält der russische Politologe schlicht und einfach für „Idioten", und für den Umgang mit ihnen hat er ein ganz simples Rezept zur Hand. Es sei „höchste Zeit, sie zu erschrecken". Der russische Fernsehmoderator Wladimir Solowjow sieht das offenbar ähnlich. Er erklärte vor kurzem, die Denkmalstürmer seien ein Fall „für Freud". Zudem schlug er vor, man könnte die in den USA unerwünschten Denkmäler doch zeitweise nach Russland schaffen, bis die Amerikaner wieder „zur Vernunft" gekommen seien. Das lässt tief blicken; zeigt es doch, wie die Vorgänge in der westlichen Welt außerhalb gesehen werden und das Russland offenbar wenig begeistert von den Vorgängen in seiner ehemaligen Kolonie ist. Der Monderator fügte außerdem hinzu, nie zuvor hätten sich die Amerikaner so intensiv mit den ideologischen Grundlagen ihrer Geschichte auseinandergesetzt, doch diese Debatte könnte die Statik des amerikanischen Staates gefährden. Mit diesen Äußerungen zeigen viele Russen, dass sie im Grunde ähnlich denken wie viele Amerikaner, die ihre Denkmäler behalten wollen. Auch US-Präsident Donald Trump, über den bei Druffel & Vorwinckel bald ein Buch erscheinen wird, ist ja bekanntlich gegen den Denkmalsturm. Und ebenso sind viele Deutsche gegen diesen Unfug, der weltweit von einer kleinen linken

Minderheit betrieben wird. Ob das Denkmal für den Pionier und Patrioten Alexander Baranow bleibt, wird die Zukunft zeigen.

Buchtipps:

Der Nordische Bund führt Beitrittsverhandlungen mit den
skandinavischen Ländern, was der Sowjetunion nicht
verborgen bleibt. Finnland war es während des Großen
Krieges gelungen, seine Unabhängigkeit zu erlangen –
eine Tatsache, die dem sowjetischen Diktator Josef Stalin
nicht gefiel. Also beschließt er, das östlichste
skandinavische Land zu erobern, bevor es für die
Sowjetunion durch den Bundesbeitritt für lange Zeit
unerreichbar wird. Stalins Truppen fallen in die Grenzstadt
Lappeenranta ein und versuchen von dort aus das ganze
Land zu erobern. Offiziell rechtfertigt Stalin die Invasion
damit, dass Finnland lange Zeit zum alten Russland
gehörte und er es von den Weißgardisten befreien will.

Tatsächlich geht es dabei aber ausschließlich um eine Erweiterung des sowjetischen Machtbereichs. Doch Stalin sieht sich im winterlichen Finnland tapferen Verteidigern gegenüber, die ihr heiliges Vaterland nicht dem Sowjetimperialismus überlassen wollen. Unterstützt werden die Finnen von ihren deutschen Verbündeten, die Kaiser Wilhelm III heimlich ins Land einsickern ließ. Die deutschen Truppen stehen unter dem Oberbefehl der bewährten deutschen Generalstäbler von Ludendorff und von Stetten. Unter dem direkten Kommando von Stettens kämpft ein junger Offizier namens Hans von Dankenfels...

Während in der Nordische Friede, Sicherheit es am Rand des In Spanien ein aus.

Zentraleuropa Bund für Freiheit und sorgt, brodelt westlichen Kontinents. bricht 1936 Bürgerkrieg Verschiedene

kommunistische Gruppen kämpfen gegen General Franco und seine Anhänger. Staaten wie England und die Sowjetunion entschließen sich, die Roten inoffiziell zu unterstützen, wohingegen das Deutsche Kaiserreich Soldaten nach Spanien schickt, um Franco zu helfen. Angeführt wird das deutsche Expeditionskorps von dem General der Kaiserlichen Schutztruppe Hans von Dankenfels. Aber Dankenfels ist nicht der einzige Angehörige einer fremden Macht, der am Kampf um Spaniens Befreiung vom Kommunismus teilnimmt. Der irische Patriot Eoin O'Duffy unterstützt von Großbritannien aus die Anhänger Francos, indem er das massive sowjetische Eingreifen in die Kämpfe sabotiert. Auf der anderen Seite schließt sich der englische Schriftsteller George Orwell den Gegnern Francos an.

Zunächst hält er diese Entscheidung für eine gute Idee, bis er mit eigenen Augen sieht, wie sich seine neuen Kameraden gegenüber ihrem eigenen Volk verhalten. Kaiser Wilhelm III. ist klar, dass bei einer Niederlage Francos der Nordische Bund aus drei Himmelsrichtungen durch Kapitalismus und Kommunismus bedroht ist: im Südwesten durch Spanien, im Nordwesten durch das von der Hochfinanz kontrollierte Großbritannien, und im Osten durch die gigantische Sowjetunion. Spanien darf erst gar nicht zur Bedrohung werden, weshalb Wilhelm III. Männer der Kastrup in den Einsatz schickt.

In dem Sachbuch geht es um dystopische Romane und darum was sie für die heutige Zeit bedeuten. Gegen Ende des Buches werden die Dystopieautoren Tanja Krienen, Alexander Merow und Lanz Martell interviewt.

In dem Buch wird auf

das neue Werk "Die Einladung" von Sebastian Fitzek eingegangen. Die entsprechende Lesermail geht von Seite 4 bis Seite 60. Außerdem wird auf viele aktuelle Themen eingegangen, die in der heutigen Bundesrepubilk Deutschland eine Rolle...

Zeitfracht Medien GmbH
Ferdinand-Jühlke-Straße 7
99095 Erfurt, Deutschland
produktsicherheit@kolibri360.de